讀金庸偶得

舒國治 著

二〇二四新版序

憶那些逝去的武俠年月／舒國治

一、初邂逅金庸

時光飛馳，轉眼今年已是金庸一百年。

而那本我三十歲時寫的《讀金庸偶得》，竟也過了四十二年！

六十年代中期，我就看過《天龍八部》。那是某一位跑船的長輩從香港帶回來的。讀後極為驚艷，但並不知道作者金庸是何許人也。

七十年代，臺灣的租書店有《萍蹤俠影錄》、《小白龍》等書名，據說也是金庸所著，只是被冠以別的書名與用了別的作者之名。看過了好幾部他的著作，加上自己從十多歲已到了二十多歲，早多了更豐厚的審美功力；那時候即認定這位金庸，是眾多武俠小說家裡寫得最好的！

二、沈登恩引進臺灣

一九八一年六月，我剛退伍沒幾天，在臺北衡陽路巧遇遠景出版社的沈登恩。他說他費了很大的工夫，終於使金庸的著作解禁了，終於要引進金庸的書在臺灣正式出版了。他七十年代中期即聽我閒談中聊過些許金庸，這一當兒，見到了剛退伍的我，居然心中生出一個頗大膽的盤算。遂約我次日到他光復南路的出版社詳談。

不久，我就接下了這本《讀金庸偶得》寫作工作。

猶記沈登恩當年愛說：「《紅樓夢》這書如此膾炙人口，所以有『紅學』；金庸也該有『金學』！」他拿出他剛出的倪匡《我看金庸小說》、《再看金庸小說》二書，說：「你也來寫一本吧！」

這就是我說的他的「大膽的盤算」。

我寫得慢，等我半年後交稿時，倪匡已出了《三看金庸小說》。所以我是諸多「金學研究」眾書中的第四本。

有眼尖的讀者會問：「你書中似乎沒提《碧血劍》？」我說：「好問題。乃八十年代最早的遠景版，沒出《碧血劍》。它還沒解禁。」

這就像當時《射鵰英雄傳》是改成《大漠英雄傳》的書名，才過關的。另外《書劍恩仇錄》也改成《書劍江山》，皆是當年的一些規避之舉。

這書交出後不久，我就被「國泰建業廣告公司」（即「奧美廣告」的前身）的協理宋秩銘拉去他公司做一個「文案」（copywriter）。有一天，公司接了香港某部電影的廣告工作。電影的製片，叫蔡瀾。我和他聊天中說，剛寫完了一本討論香港武俠作家叫金庸的小書，叫《讀金庸偶得》。又過了一兩個月，蔡瀾又來到臺北，一碰面，他道：「我從香港帶來一張報紙，要給你的。報上有篇書評，評你的《讀金庸偶得》。結果我今天要帶這張報紙出門，在旅館房間裡遍尋不得。我想，可能是打掃的人當成是看過的舊報紙，當垃圾收拾掉了。」這大約是一九八二年聖誕節那時之事。

三、三十歲迎來了閱看武俠的尾聲

金庸的書一出，於我言，武俠書的終極版於焉出矣。

至此，別的武俠書再不用看矣。

也正好是八十年代，我要進入我的三十之年，其實武俠小說已漸不看矣。正好以詳讀金庸（並寫成一本評論之書）做為尾聲。

說來真奇，從那以後，所有的武俠小說皆再未拾起。　多年後又出了個女作家，據云寫得極好，叫鄭丰的，我亦沒看過。　就像打麻將，九十年代初以後，人都過了四十，就再也無意打了。　也像戒菸。我到了五十歲，一不抽，就再也不抽了。

也像搖滾樂，七十年代末以後，已慢慢不往下追了。　舉例言，史汀（Sting）就沒怎麼聽。性手槍（Sex Pistol）等團就沒去聽了。而巴布·狄倫（Bob Dylan）的《*Blood on the Tracks*》和《*Desire*》二張唱片後，他的唱片便再也沒聽了。

這是什麼？　這是每人在生命歲月中的各種興趣與關注自然會出現的停歇與轉移。

四、我和武俠小說，竟皆是那時代的產物

我和許多大我一些、小我一些的同輩會看武俠小說，當然和我們共擁的時代有關。就像五、六歲起會蹲在地上打彈珠、玩圓牌。七、八歲起若說閱讀就已看起了漫畫書（葉宏甲的四郎真平便是那時竄進了我們的視野）。十一、二歲時開始看文字的書（像小說。當然武俠小說也是）。乃那個清貧的年代，娛樂或文藝原本就只能如此！

它和廣播劇、國語流行歌曲（崔萍、葛蘭、紫薇……）、西洋流行歌曲（巴比·雲頓〔Bobby Vinton〕、保羅·安卡〔Paul Anka〕、貓王……）、言情小說（金杏枝、禹其民、及稍後的瓊瑤）、鬥狠黑社會小說（費蒙的《賭國仇城》等）一起籠罩在當年的無色清貧灰澹的文藝空氣中。

這說的是「不怎麼花錢的娛樂」（小說出於租書店，花費甚少）。觀看電影，則是「花錢的娛樂」。

五、武俠小說在那年月幽幽銜接了某種飄渺的老中國

五十、六十年代，坊間的武俠小說，是大陸來台灣的人寫的小說。寫的內容，皆是發生在古代，在遠方的中國。稍微成年的，有臥龍生、諸葛青雲、司馬翎等。稍微年輕的、後起的，有古龍、柳殘陽、上官鼎等。稍微更老的，則有孫玉鑫。再更老的，有郎紅浣。稍後加入的本省作家，如田歌、秦紅，算是少有的例子。

他們都是在臺灣寫的。我們看的皆是成於臺灣之作。

金庸寫於香港，我們當年在臺看不到。至於早期成於大陸的《十二金錢鏢》（白羽）、《臥虎藏龍》（王度廬）等，有很長一段歲月此間也是看不到的。還珠樓主的《蜀山奇俠傳》亦不是人人看得到的（哪怕此書的名氣恁大，提談此書的人恁多）。

其實郎紅浣（1897-1969）的年紀大於王度廬、鄭證因，然在大陸時未必是寫武俠之人——也就是說，若非寄居臺島，他可能不會提筆寫武俠呢！

不知是武俠小說這種類型太過老中國、太過撩人鄉愁，抑是它和太多人童年的舊夢有不可切割的淵源，太多的學術型文人也不免提筆頗富興致的來寫它一寫。據說，書畫大師江兆申（1925-

1996，後來擔任「故宮」副院長）五十年代還在基隆教書時，也曾化名寫過短時間武俠呢！

六、年少莽撞，常是武俠創作的動力

武俠作家有武俠作家的某種氣質。

就我的觀察，尤其以我的童年、少年時代來說，他不妨有一股民國氣。甚至更好是有民國的太保氣。　　乃那個時代，有那個時代原本就瀰漫在社會上的一大片「不平氣」。

我生在那種時代，如今回想，就會最珍惜那種如今再也見不著的帶點破落感、東西皆縫縫補補、社會總瀰漫著一襲江湖飄搖的氣氛。

好比說，你去看古龍，或看柳殘陽，他們似乎很像寫武俠的人！他們看待身邊的太保或類太保，有他們很感貼近又很通透的眼光。　並且，他們自己不用是太保。哪怕他們在生命中某一段困厄、不快、委屈的歲月就差一點要往那條上走了。　　但他們終究不是。他們是 **作家**。

讀武俠的人也有讀武俠人的共同氣味。　　就像我們說，吃牛肉麵的人有那種吃牛肉麵者的調調一樣。

而這一切，於三、四十年代出生的人言，最是明顯。請言其詳。古龍生於一九三八年，柳殘陽生於一九四一年，他們的年代是國家很多難又很動盪的年代；人的氣息、人的情感皆呈現這種不安與憤慨。　這種作品是少年人揣看人生而成的筆墨。　它粗糙，但它有意思。

許多人提筆寫武俠，常是中學生。

中學生，或說少年，最是「武俠情懷」最濃烈的人生階段！　柳殘陽曾說他高中生寫武俠的　劉兆玄他們三兄弟寫武俠，也在做學生之時。　《中國時報》人間副刊主編高信疆和他哥哥在少年之時，也寫武俠。

故我幾十年後每談武俠，更愛把五、六十年代的臺北桀傲學生與他們託身的強恕中學、文山中學，與牛肉麵之興起等等相敘並論。　乃那更是「後民國」極濃烈的生活與美學。　乃這是臺灣這八十年最珍貴的瑰寶也。

七、臺灣那年代，是武俠最相宜又最相配的時地

武俠小說不但有讀它最相配最貼近的年代（像臺灣的五、六十年代），也有最相配最貼近的環境。

像當年臺灣的城鎮——像彰化的溪州、員林。台南的新營。當然新竹市、花蓮市也是。其實臺北、高雄這些大一些的城市又何嘗不是？

像當年的房舍——戰後匆匆蓋出的民國式瓦房。加上日本房子的木造結構。街上有騎樓的排屋。更有眷村的緊聚式房舍（你今日去看一眼「中興新村」便知我意思也）。

像社區結構——稻田邊的小小租書鋪子。巷弄一條來一條去的牆後人家、與牆後傳來的麻將聲。

像印刷方式與紙質——要用毛糙毛糙的紙張，印成鬆鬆的排字，裝訂成薄薄的一本一本，一部書往往達三、四十冊。出版社常是南琪、真善美、四維、春秋等。

這些皆是埋頭讀武俠最理所當然的環境啊！　當然，如今只能緬懷啊。

八、高妙作品之前的淺俗作品，你由於年少或時代清貧，反而捨不得啊

武俠小說出了金庸，固是最終極之作；自此別的作品皆被比過去了，皆不值一哂矣。就像巴布．狄倫如此高妙的詞與曲歌手聽過後，別的流行歌手、低眉寫詞寫曲者便不值一哂也，然真是如此嗎？

有時你偶憶起在狄倫之前當年你已聽得很喜之〈A Place in the Sun〉（Stevie Wonder）、〈Susie Q〉（Credence Clearwater Revival）、〈If You Go Away〉（Rod McKuen），甚至衝浪吉他曲〈Walk, Don't Run〉（The Ventures）、〈Pipe Line〉（The Chantney），哪怕顯得通俗、不夠高眉，你照樣今日聽來極是興奮歡愉，並不被狄倫雄風掩蓋。甚至那首動物合唱團（The Animals）唱的〈House of the Rising Sun〉，你至今聽的仍是他們一九六四年唱的版本。即使動物合唱團主唱早宣稱他們學得此曲是聽了一九六二年狄倫第一張唱片中這歌的民謠原曲，不久就改唱成如今的「搖滾版」！然而幾十年來坊間聽的，全是動物合唱團唱的〈House of the Rising Sun〉。乃它是太多太多人生命中第一次聽到這首歌的全身心反應。

你相不相信，這首歌初降臨臺灣，我和我的同輩固然聽到，比我年長的古龍、柳殘陽也必然聽到了。我沒問過林懷民，但我相信他當年絕對聽過！

那些歌曲初次降臨到地球上，不久我們在偏遠的臺灣就聽到（跟在菲律賓、在泰國、在日本同樣聽到），是那個戰後的時代原本使然。

還有一個人，也絕對聽過，並且愛之不捨，就是搬演、創作布袋戲的黃俊雄。

這就像即使飽讀金庸之士今日偶掀開昔年很迷之田歌、陳青雲、柳殘陽、臥龍生等未必臻於高峯、稍嫌通俗之作品，照樣樂趣橫生，甚至憶起了少年時臺灣那年月青澀粗陋的生活氛圍啊！

九、不止是時代的產物，會不會是武俠書中人物？

好了，我要回頭看看我自己了。

嗟乎，我糊里糊塗過了童年、少年，又很粗陋荒疏的以那些瀰散在身邊的粗糙藝文材料娛樂自己、養育自己……然後在三十歲時，停下了武俠的閱讀……接著仍然糊里糊塗在人生中飄泊……啥事也看不上，率性而吃、率性而睡，一意孤行，一事無成，亦不想成，只偶在自己那胡意又不文的手藝上似作琢磨……一天一天往下混著，竟然又過了四十多年，轉眼已是七旬老人，這幾十年中，常常行於前不巴村後不巴店、天蒼蒼野茫茫之境地，唉……驀然一想，會不會朋友從旁看我，壓根我把自己活成了武俠小說中的人物？

二〇二四年七月二十日

一九九八版序

武俠小說及其世代

／舒國治

此書寫於一九八一、八二年間。十六年光陰流射何迅也。今日回想，這十六年來居然沒有再看過什麼武俠小說；而承遠景沈登恩先生相邀寫書前，竟也有六七年之長只一心耽注搖滾樂、電影及現代小說之喪志而久丟失了武俠小說之癖愛。

由此看來，我的武俠興致年代或竟只是少年時期？

一個時代有一個時代的本色文藝。可以說從五十年代中一直到六十年代末，算是臺灣武俠小說的黃金年代。

一個地域有一個地域的本色文藝。我的童年與少年時期的臺灣，是一個看武俠小說的地方。

倘有一天，你在花蓮或臺東某一小鎮下了火車，只見那裡很多木柱磚牆的房子，青少年穿著汗衫，趿著木拖板，站在巷口講話；若還有那種情景，若還有那樣地方，便我等可以回到讀武俠的年代了。

在五十年代末六十年代初期與中期的臺灣，不僅是大街小巷有小說出租店，有古意盎然的筆名如武陵樵子、南湘野叟、古如風、秋夢痕、柳殘陽、雲中岳，有興人思古幽情的書名如《江湖夜雨十年燈》、《紅袖青衫》、《古瑟哀絃》、《一劍光寒十四州》，也正好少年子弟多的是被頻於戰亂、遷徙流離、憤鬱經年的父親生育下來而致易於桀傲不馴、勇於鬥狠，以是成為所謂的「太保」。而市鎮的生活阡陌，即以臺北為例，每走幾百公尺，便可能有一幫眾聚點；什麼「四海」「竹聯」「海盜」「血盟」「飛鷹」「龍虎鳳」等幫派，甚至成功新村、松基一村、四四南村、正義東村等，這類同質背景聚落也可以是外村人的龍潭虎穴。

那個年代，是一個「當時」靜止不動的年代，像是人可以按自己的意識活在他心想的古時莽野。一段戰事稍歇、市景百無聊賴、人心一籌莫展的苦悶年歲裡，於是對武俠小說這套不涉眼前、無關宏旨有一份寄情，或是說對恍恍高世有一片悠然遠想。

什麼樣的人在讀呢？必是對「中國」略有認識或略有聽聞之人；不管他是早先得之於廟台前的

歌仔戲、得之於巷口小店的小人圖畫、得之於圓牌上的封神榜故事，或者在學堂裡受習過幾篇中國古文、幾章中國史地……等等。

有著什麼樣的情緒之人會樂於去讀呢？或許也可歸納出來：（1）在現實社會中，有一絲「逸出」之念者。如課考繁重的學子；如他是理工科的專業人才，卻常有公忙之餘想如何如何者。（2）癡人。一逕在追尋某種能矢志凝情之事或物的人。（3）尋常的信而好古者。於是那些好閒來泡茶、翹腳看報、揮扇吟戲、燃煙吞霧、圍桌雀戰、兩人對奕、月下獨酌、夏夜乘涼、談古論今……等等之人會去讀它。

韜光隱晦者讀它，抱殘守闕者讀它。

並且，昔日歲月端的是極其容許這類生活調調。

於是在區公所送公文的，或是在機關做門房的，學校裡的工友，看管腳踏車的，皆可以是名正言順的讀武俠小說者。

甚至你看一個人，會想，「他是個看武俠的。」往往這種感覺硬是很準。

什麼樣的人寫武俠小說呢？

文學系歷史系的教授們沒怎麼聽說過有寫武俠小說的；陳世驤沒寫，夏濟安沒寫。

不少寫武俠小說的，常是學歷不甚高者，甚至很年少便勇敢率爾下筆的。

柳殘陽開始寫時，只是高中生。他那時一個學生寫書所賺的稿費比他父親校級軍官的餉還要高。

五十年代中期，寫一部二十來冊的武俠小說，據說可以買一幢樓房。

太多的武俠作家，他之所寫，依據的不是深厚的國學知識，依據的不是透徹的文學理論，依據的未必是洗練的人生見解或世故的人情經驗；他們還不來得及找取依據便自下筆寫了。

或許他們靠的也是讀前人的類似原型便已躍躍然要試著說自己的話、講自己的故事。很可能臥龍生寫《風塵俠隱》或《飛燕驚龍》，是來自於讀還珠樓主的《蜀山劍俠傳》而自己有感要抒，而終至寫成一本武俠小說。

武俠故事中多有受朋友之託而致自己受累之情節，譬似司馬遷李陵事蹟，然武俠作家未必詳讀過《史記》、《漢書》，未必讀過〈太史公自序〉或〈報任少卿書〉。

小說人物常意興風發，豪情萬丈，「當其欣於所遇，曾不知老之將至」「禮豈為我輩設也！」「夜大雪，眠覺，開室，命酌酒，四望皎然，因起彷徨，詠左思招隱詩」往往如魏晉人物，然武俠作家也未必詳讀過《世說新語》。

武俠作家熟讀的，亦不外是中國傳統孩子詳悉的《七俠五義》，是《彭公案》，是《水滸傳》，是《三國演義》。

武俠小說之功能或其大矣，然武俠作家未必自知之。我人幼童即自紛紜武俠書中感知人生之滄桑，感知那些個「江山留勝跡，我輩復登臨」，感知那些個「古者富貴而名磨滅，不可勝記；唯倜儻非常之人稱焉」等等等等，此皆可汩汩得自閱書之潛移默化過程，此皆可在十二三歲之幼已竟其功，非特要研索自孟浩然司馬遷之名山經典。此不能不說是武俠小說之固有中國人世教育之巨力也。

當我們上了中學，讀馬致遠〈天淨沙〉元曲：「枯藤老樹昏鴉……古道西風瘦馬……斷腸人在天涯」；感覺親近，感覺就像是寫給我們的，然我們何嘗懂得什麼是「斷腸人」，什麼是「天涯」。我們孩子硬是懂得，來自何處，武俠小說也。

武俠小說，使太多的臺灣孩子對遙遠的中國，及中國的歷史，產生概念。可以說，武俠小說在某一層次上，扮演中國歷史的輔助教材之角色。

今日不少人迷上了佛學、設立了道場，未必全是飽讀佛經，往往是早歲薰染自武俠小說。而電影、電視中之佛門風俗，動輒稱「貧僧」「施主」「老衲」，動輒宣唱「阿彌陀佛」「善哉善哉」；你道是他從哪兒學來，佛書乎？寺院叢林親見乎？自然不是。他揣學自武俠小說。

我的同代之士在多年後（如八十、九十年代）會有穿上現代唐裝的，開辦書院或私塾的，愛上喝茶、說什麼壺中天地的，擺設明清桌凳的，四處看山買林野的……等，皆不自禁有一絲早年參借自武俠小說之潛蘊意念。

及至少年，我們不只看武俠小說，甚至也迷於武藝。所有孩子都談問過這樣的問題：世界上到底有沒有輕功？到底有沒有掌風？有沒有點穴、金鐘罩、鐵布衫？任督二脈打通後便百毒不侵嗎？迷於武藝，兼而迷於武藝的真人傳奇，由是一些名字如韓慶堂、劉雲樵、常東昇、鄭曼青等當年渡臺的活生生「練家子」自然不會不耳聞。

重慶南路上書店的武藝書，如萬籟聲的《武術匯宗》、金恩忠的《國術名人錄》、徐哲東的《國技論略》、孫祿堂的《拳意述真》等不免要去探看。

甚至明朝大將戚繼光的《紀效新書》，甚至那更似體操而少武打意趣的《八段錦》、《五禽戲》，竟也樂以輕涉寓目。

其中尤以太極拳的書籍翻看最多，楊澄甫的《太極拳體用全書》，陳炎林（陳公）的《太極拳刀劍桿散手合編》，陳微明的《太極拳問答》，吳志青的《太極正宗》等。隱隱有「即使不以之打人，也是好養生」之想。

不少我的同輩曾在中學大學時練過拳的，日後到了歐洲、美國留學，還常在巴黎、羅馬、舊金山的公園裡演練八卦、太極。

實因中國小孩和武藝原就有不能脫卻的先天關係；我國孩子的童年嬉戲是「鬥劍」，一如美國孩子的是「牛仔與紅蕃」。

而武打招式的名目，如鷂子翻身、鯉魚打挺、金雞獨立、白蛇吐信、黑虎出洞等早就是孩子們自然的國學詞語。

至於臺灣孩子在嬉鬧時所說的「月（葉）下偷桃」「桃下有毛」，更是他們在頑謔中自行加創的逸招。

今日，據說更多的X世代、Y世代少年男女加入閱書（應說「翫賞」）之列，迷上了武俠小說，迷上了金庸小說。其所採擷欣賞角度，又更飛翔奔逸，隨興所至。

他們看武俠，像是純粹看其抽析出來的意趣，不太特去在意背景或歷史。而武藝者，更非他們趣意所在。六十年代孩子於武藝史乘傳承中所尊崇的姬隆風、董海川、李洛能、郭雲深、李存義、程廷華、大刀王五、霍元甲等今日孩子未之聽聞姓名，實乃「雖不能上山學藝，心嚮往也」的視武學為真有實事之念。今日孩子視武俠書中的武藝或有一絲如電玩中傀儡踢打之安置。

另就是，他們很健康的、很文明選擇的、挑上了武俠小說這件娛翫，譬似挑一只他所偏好的電子雞。而不是三十年前我們看武俠小說時的，或是襲著慚愧的一絲竊意，或是長得就像是「看武俠的」那種不甚健康、不甚文明、或根本就有些陰晦氣息的慘綠模樣。

老時代裡，對於機械文明半知半解、又期盼能掌控一齒半輪之利便，遂有武俠小說中「機關」之無限遐想。而於宇宙現象之撲朔難明，至有《紫電青霜》一類之小說書名。今日少年早於「星際迷航」、「異形」、「二〇〇一年太空漫遊」之類電影多所洗禮，倘以還珠樓主《蜀山劍俠傳》中電光石火情節瀏覽眼前，哪裡會有興味？

單單「電光石火」四字，即使在三十多年前我做小孩時，也早就不能有驚異的感覺了。

以前孩子看的漫畫，只會看它的故事，不會以漫畫中人的表情與口氣來用在真實生活中。當然，以前葉宏甲、陳定國、徐錫麟、陳海虹、林大松、劉興欽、黃鶯等人所繪的情節中也沒有如今漫畫人物中所亟需宣吐的濃強自我。

以前的漫畫中對白，甚至沒有語氣。

今日孩子在泡沫紅茶店的聲口、撒嬌，或在補習班街、西門町、東區商圈的種種馬路上的打情罵俏，如她們說：「老公！」「我哪有？」「你怎麼知道？」……等等，俱是自日本卡通、自黃子佼電視、自漫畫、自這個配音無所不在的「遊樂園式」城市中點滴薰養學仿而來。

以前孩子看武俠，常需躲在被窩裡偷看，如今孩子壓根把書攤在客廳茶几上，不在乎父母看到與否。

昔年因避世而好讀武俠之人，今日卻不讀了。他們讀的是最最切近世事的政治新聞。他們在公園裡、餐館中、大廈管理員的櫃檯後大談與他們年紀相仿的郝柏村、李登輝、宋楚瑜、陳水扁怎麼樣怎麼樣，甚至對三十年前原本相當隔膜不便的對岸也能大發議論，出口成理；說江澤民如何，說朱鎔基又如何。

金庸所著十餘部武俠，寫人物情態，則栩栩如在眼前；寫故事，則奇中有致；以其體製完整，起束周全，堪稱近代武俠小說集大成者。然其引進臺灣過程，亦頗周折。七十年代初，先有盜版以《萍蹤俠影錄》書名掩代《射鵰英雄傳》、後有以《小白龍》書名掩代《鹿鼎記》，悄悄流通於租書店。七十年代末，遠景出版社公開引進後，全臺讀者遂為之風靡。

然金庸之洋洋說部，其實寫於五十年代中至七十年代初，那個年代原也是臺灣讀與寫武俠小說的高峯年代。只是當年臺灣讀者因書禁而緣慳一面。

六十年代中，我還是個初中學生，偶因機緣得閱香港武史出版社所出的《天龍八部》。黃色封面，共三十五冊。每冊一百頁，含四回，每回之前有插圖一幅。當時一口氣讀完，只覺文筆典雅、學養深厚，女主人翁王玉燕（新版改為「王語嫣」）美麗脫俗教人不捨，卻不知作者金庸是誰。其最感印象深刻者，是蕭峯死義之壯懷激烈，痛人肺腑。當時便隱隱覺得：臺灣的武俠小說中找不到壯烈如此者。

誠然，一時代有一時代之文藝情牽，還珠的時代也無有壯懷激烈如此者。

民國十九年的張恨水其於北洋軍閥時代所情牽志繫者，遂有《啼笑因緣》。

魯迅於民國十二年，則寫有《阿Q正傳》。

以今日看去，一九四九年後，莫非金庸算得上一南渡文人，如易君左、南宮博、徐訏、盧溢芳等是，南渡至「漢賊不兩立」之念極強的當年香港（且看昔年在港有筆名「鐵嶺遺民」之類，可臆其人心繫舊家山）。

香港受高山橫斷於北，自幽自足於嶺南一隅；幾百年來中原頻歷戰亂滄桑，變之又變，香港猶得一逕抱守宋明古制；且看長洲太平清醮「搶包山」風俗即內地深鄉亦已絕見。而黃大仙廟前販售香燭者，多有喚「容姑香檔」「張三姐香檔」「笑姐」「歡姐」「謝珍姐」等。

中原的語言又幾經熔煉、統一，刪繁化簡；而香港人仍自操使著古音古語如「著數」「生性」「心水」「沙塵」，即連商家牆上仍貼著「嚴拿高買」「面斥不雅」古老警語。

正因四九年後，人遭世變，香港市面不免瀰漫愁雲慘霧；維多利亞港裡常有人跳海，木屋區不時遭火失所，而徐訏會去寫《手槍》，趙滋蕃寫《半下流社會》，杜若寫《同是天涯淪落人》此等黑白片似的社會寫實小說。而香港乃一眼前求實社會，沙千夢小說《長巷》之懷鄉愁舊書作，在惶惶香港濟得甚事？金庸當此境氛，感慨既深，世情相逼，又出以武俠小說這股非常筆墨，焉得不情節壯懷激烈如此者也。

金庸長於情節描寫及人物刻畫，而地理途程之著墨較少。地理風土之細節似不是他專意之處。他的人物若於一鎮邂逅，繼而要往一遠處參與另一大事，其中途程雖迢迢千里，卻只受他一兩句話帶過，馬上便剪接至「情節場景」；可以說是戲劇的處理法。

至於王度廬，若寫到北方山丘，如《風雨雙龍劍》中會寫及「聽到羣山之後有轟隆隆的滾蕩之聲，以為快要臨近黃河；再行不久，才發現適才所聞原來是馬隊奔騰之洶洶聲浪。」這類近乎田野實況之呈露。

另外像還珠樓主會在書中（似是《雲海爭奇記》）寫到某一人物在深山野林覓徑而行，苦於不得出；不經意的帶到一筆：「及見這山現出一角寺廟，始敢揣想離人煙應當不遠……」

王度廬、還珠樓主大約是飽於遊行四方之人，其書中這類好似親身聞見之描寫令我這都市孩子心生嚮往。然他們的書我多半沒有看完。不知是否因其結構不求緊接一貫。而金庸小說，我本本看至結尾。

六十年代所讀的臥龍生、諸葛青雲、司馬翎、孫玉鑫等人所寫武俠，竟完全不能記憶其中本事。僅能約略記著《玉釵盟》中有「徐元平夜探少林寺」，再來如何，完全記不得矣。而金庸故事人物我總能大多記憶。

金庸書固情節之豐繁多變，又可抽絲成縷，井然不亂；其最受人樂道者，為人物。今日讀者讀王度廬筆下的玉嬌龍，沒啥深刻感應，只覺她是性情暴躁一介北方土妹。然同屬清季女子，同處北方，《書劍恩仇錄》中駱冰則活潑如在眼前，有真情，有人味。

金庸之書所以凌越各家者，一言以蔽，動人也。以其書中凡有情處，必深情也。洪都百鍊生所謂，其感情愈深者，其哭泣愈痛。

今日金庸小說甚至供應新世代少年男女多重的用途。感情受挫的少女在二十四小時泡沫紅茶店深夜打工，手臂上猶留有煙頭烙燙的誓疤，皮包裡還存著些安非他命，店裡播著鄭秀文或張惠妹的歌曲，而她的桌上可以放著一本《神鵰俠侶》。她在閱書之落花飄萍、多舛孤淒命途中幽然自傷，並也同時因傷於小龍女本事而聊慰自己苦痛些許。看著看著，隨手取茶桌上餐紙擻一擻清淚，擤一擤熱涕，便又可再走上工作崗位矣。

新的世代有新的對武俠小說的即興採擷。而他們所採者，竟然不容易是別的武俠作家，而比較是金庸。

將來除了漫畫中將武俠人物自由造型外，甚而服裝設計家也以金庸人物做為打扮的原型；如以黃蓉為模特兒，以霍青桐、以藍鳳凰、以小龍女、以南海鱷神等，沒有什麼不可能。

時光荏苒，我心中的武俠小說年代大約成為「往事」了。可以說，今日新新人類所看待武俠小說之眼界，是屬現代；我的同輩所看待武俠小說之眼界，則為遠去的古代了。

一九九八年三月

#《讀金庸偶得》目次

第壹章　名義斟酌

武俠小說大抵講的，是人的練武及用武。以練武及用武來構成武俠小說之人情世界大要，便成為武俠小說所以為武俠小說之因由。

「武俠小說」是一個眾人沿用慣了的專門名詞，若定名為「武藝小說」，在好幾方面的意義上想必更妥。除開「武藝小說」（martial art novel）這名字之外，如「技擊小說」、「武術小說」等稱謂，也皆大致相同，如今只採用一個，以利行文。

「武藝小說」四字乃能揭明其練功本質，將此種特殊類型小說中「武」的要素首先點出。而「俠」這種旨趣之表露，「義」這種行蹟之描繪，只是武藝小說在長途行旅中習常攜帶的乾糧之一。一來「俠義」並非練武之人方得擁有；而講俠的小說，也未必要述及武功。二來「俠義」與武藝雖有鄰居之誼，其他與武藝結親多時如「權術」、「愛情」等事，也不應冷落一旁而惟「俠」獨尊。

倘若講武必須講俠，也似乎太過拘格武藝小說之海闊天空。再者，敏感的作家不免會想：標榜俠義，便似心中隱隱有不平之意、犯禁之想。或更有不堪，成了如同心中有鬼，既有暗地賣狗肉之咎，便只得外面掛起羊頭。故而心思細緻的作家，當不願再將「俠義」這種陳腔腐調娓娓而提。而長時不厭反來覆去敘寫俠義者，便如同某些讚美記者永好講述高風亮節之事，何其不自得，又何其不足為取。

古昔講敘俠義之書如《七俠五義》等雖不在少，卻是一人終生只寫寥寥一、二部書，將心中不平之憤做個傾吐。今人寫作，不少已成職業，洋洋灑灑，一部接著一部，大可不必部部以俠為主，以義作題。

而金庸者，當代大作手也，雖也寫俠，但俠只是他小說中之一斑，而非全貌。郭靖雖是金庸筆下「俠之大者」，倒也非金庸全然認同之人；金庸在字句間，對郭靖猶有揶揄之意。乃因金庸所在乎者，概為一套完整人格，不僅奇行特蹟是也。至若其力作《鹿鼎記》，更是無意予人以「武俠小說」之印象。

凡是金庸小說中以「武俠」為寫作職志者，或書中以「武俠」為重大旨趣之篇章裡，皆顯出纏手纏足難以自暢之處。《倚天屠龍記》中武當派宋遠橋等七人，名銜便喚作「武當七俠」，除此之外，無法稱呼他們。在《射鵰英雄傳》及《神鵰俠侶》中，郭靖有多少尷尬？有多少束縛？而黃藥師則又何其自在，何其飄逸四適？他門下弟子名中皆有一「風」字。郭靖給雙胞兒女起名，一叫

「破虜」，另一則是代表死守襄陽的「襄」字。乃在於郭靖拘於俠，黃藥師卻宜於己。

武林中人，個個練武。至於練武有什麼用，練武為了什麼，皆是餘事；難道說練武沒能派上用場，便罷手不練麼？總之，武藝是第一要件，武藝之用則是隨後而來的。《倚天》中張翠山道：「咱們辛辛苦苦的學武，便是要為人伸冤吐氣，鋤強扶弱。」這話說來是理直氣壯，但不自禁的負著一份功利主義。而「辛辛苦苦」四字，語氣中更透露出幾分不情願。這句話聽在老於世故的謝遜耳裡，立即反問：「行俠仗義有什麼好？為什麼要行俠仗義？」

張翠山一怔，他自幼便受師父教誨，在學武之前，便已知行俠仗義是須當終身奉行不替的大事，所以學武，正便是為了行俠，行俠是本，而學武是末。在他心中，從未想到過「行俠仗義有什麼好？為什麼要行俠仗義？」的念頭，只覺這是當然之義，自明之理，根本不用思考，這時聽謝遜問起，他呆了一呆，才道：「行俠仗義嘛，那便是伸張正義，使得善有善報，惡有惡報了。」

謝遜淒厲長笑，說道：「善有善報，惡有惡報！嘿嘿，胡說八道！你說武林之中，當真是善有善報，惡有惡報麼？」

謝遜對張翠山這一番駁斥，便是要打消張翠山的一些陳念。而創造這兩個角色的作者金庸，當早已對「俠」在武藝小說中不具主位這一點上有十分明晰的理會了。

武藝小說有極巨極大的展性，它可以俠用，也可以情用；有人在其中好寫權謀體制，有人在其中好寫文化風俗；有人以之從旁解證歷史，有人以之推演哲理；有主張其作品乃為博讀者一樂者，亦有堅信其作品乃正統嚴肅之名山巨業，盼讀者不可等閒以視者。在在使得，但看作書人之興趣思想便是。然武藝之為第一要素，應屬無庸置疑。

武藝小說用場儘多，卻不適派於實用；心地始終戚戚於現世之實的作者，大可不必用武藝小說來實構心中現世塊壘。便如有些作家深好明晃晃影射現實真事，就武藝小說言，當非智舉。

第貳章　武藝小說的練功本質

武藝小說是小說世界裡不得已者。小說世界漫漫浩浩，武藝小說竟不得隨波而泛以為完足，乃出以非常筆墨，開墾非常田園，以講武說打為務。武打固其外務，其內情所蘊亦未必不可探。

人生為何？業蹟為何？登高山又有高山，走遠路更有遠路。樂後悲生，否極泰來。自呱呱墜地，曉事吃飯，讀書習藝，攢錢置產，娶妻生子。年漸老，體漸衰，終了歸於一坏黃土。人生不過如此。武藝小說卻不以此為滿。因此吾人實際生活中相隔極久才得新遇一事，武藝人物卻遭遇頻頻。吾人輾轉跋涉方得抵達之地，武藝人物登寶馬倏忽便至。

人之欲望與臆想，必得靠不斷之行動方能逐步完成滿足。這一點一滴的行動過程，在此統稱為「練功」。以練功來滿遂欲志，或以加緊練功來加速滿遂欲志，則武藝小說之規模端倪雲透曙現矣。

任何作業不失是人類基本欲望的顯露。正如人的各樁行事，也是內部既有而發之於外的。和尚誦經、叫化子討飯，阮籍使青白眼、嵇康打鐵，俱是外在行事，亦是內心需求。需求因人而異，有人日出作工，日入吃飯睡覺，此外甚少做別的事。有人非得與人說很多話，伸腿跑老遠路，娶三五房妻妾，甚至彈琴長嘯、散髮醉酒，才算把日子過足。尤有甚者，終至於食氣、導引、乘蹻、鍊丹，想作個神仙。到這階段，已是人類欲望之極度伸展。

武藝小說極言練功之事，講的是各種練功；武技上的練功，人事上的練功，文化上的練功，形而上的練功。倘有作家於此本質不得充分領會，或無意就此本質來自我認同，則其所寫，必難有武藝小說的原本氣味，亦可能遠離武藝小說的特有意趣，而成為另一形式之作。

練功是將小發為大，將慢提為快，將不能化為可能；既言練功，則必言境界。你高，我比你更高。我今日高，我明日當更超上。練功一事，勢必沒有止境。正所謂：生也有涯，知其無涯。故創作武藝小說，必當於有限中求其無限；人之體力難及者，當遨人之想像以飛，可越大山，可奇雲海。職是，武藝小說欲好，須越須奇。不越不奇，便仍是有限。寫得太過入世、太過拘於人力——亦即所謂「俗」——便也就不是武藝小說的本意了。

然登高自卑，行遠起邇；欲極想像之能，卻也不可胡意而飛，何妨循序漸進，步步登去。否則便是怪力亂神，那又是另一種書了。「理」這一字，雖可遐想及之，無中求有；倒還是推演而至較為穩妥。更何況一部言情敘志的洋洋小說常是緩緩發展得來，與那哲思幻想相當不同。

曉乎此，則游坦之習練易筋經，歐陽鋒蛤蟆功逆轉經脈，雖有想像，卻是循步驟推演而來，尚不至怪亂，當可為人接受。至於任我行鐵板刻書，謂：「當令丹田常如空箱，恆似深谷。空箱可貯物，深谷可容水。若有內息，散之於任脈諸穴。」雖匪夷所思，卻令人讀來絲毫不會以為無稽之談。令狐冲乍見此說，本覺：「師父教我修習內功，基本要義在於充氣丹田，丹田之中須當內息密實，越是渾厚，內力越強。為什麼這（任我行）口訣卻說丹田之中不可存絲毫內息？」繼而慢慢演來，終知其可行。這種脈絡跟進的寫法，確可引人往下看去，並且想像中兼有推理，既可迷信，亦能徵信。

練功是一種苦修之業。人在苦練專修時，常令自己逼近堅忍至最大可能。其時心中身上雖生極巨極大苦意，卻同時有某種莫名至樂（如一種收穫感、一種正果之類）隱然流溢。故有人行苦練之事，若不做個艱難淋漓，便感悵惘難奈，心內深鬱宣奔不出。因此練功既一方面令自己有崇高感，一方面又作踐自己。如同撕裂焚毀自身，而令其飄高昇華。此或也是人之天性一種。

練功乃得發展人之愛物深心。愛物心隨時可生，卻也隨時飄散離異。人常為自警抓住這份心情，便也發明了不少活動來從事，以求相寄此心。常言「玩物喪志」即有些喻人不可練功練過了頭的味況。在金庸的武藝社會中，人人練功，故而人人是深情者，也因此人人個性明顯突出，敢愛敢恨，說死便死。這一切皆是敘述深心的武藝小說之所是。張岱所謂：「人不可以無癖，無癖之人無深情也。」武藝小說之故事即由一羣癖人所演成。金庸書中有不少嗜武如命的武癖，一見到新奇招式，便如《倚天屠龍記》中的蝶谷醫仙胡青牛，「碰上了這等畢生難逢的怪症，有如酒徒見佳釀、老饕聞肉香，怎肯捨卻？」

武藝小說有練功本質，而練功是反求諸己，深掘內在之無限可能。然練功又不妨求其法門，這「謀求法門」一事便演成無所不用其大、其佳、其快、其極。除開自身修為，若兼得外力之助，豈不愈佳？自此尋尋覓覓，四處探求，上山下海，在所不惜。故武藝小說非但是練功小說，並且是尋寶小說。練功是體，尋寶為衍。兩者兼有，互為影響。練功是自探自發，尋寶是援引襲用。前者言於個體，後者概及社會。

尋寶之義，包含遭逢高人得授絕技、窺得別門特有武功、獲拾前人遺下秘笈、摘採助長體能之珍奇藥果、尋購可跋涉遠途的坐騎等等。這尋寶本質通常在書中不時與少年主人翁常相左右，即之離之，組成一幕動人心弦的戲劇。練功本質通常於書中篇幅所存已然甚少，似乎僅是尋寶本質的前身，今時已多不彈此調矣。舉《射鵰英雄傳》為例，郭靖種種經歷，便合於尋寶故事。王重陽這三字人名，卻為點「練功小說」畫龍之睛，故而筆墨較少。練功之描述若多，便似那道家修仙鍊丹之書，或國術家技擊招式教本，難為小說讀者之需。要不就像西洋神學僧侶的懺悔日記，外人讀來，枯澀不下。尋寶本事，頗富人情世理，變化曲折，盪氣迴腸。自然眾望所歸，為多數人喜讀。

寶之為用，令武藝人物精神抖擻，全力以赴。而武藝小說這一茫茫之舟，風為之鼓，帆為之張，順流而下，直往前駛，竟至幾不知何所停也。便因寶，好人與惡客得以相會；而千日之養兵，終得用於今朝。便因寶，萬里路程得以頓時縮短，僻處各地之精華也得薈萃於一堂。便因寶，不相干之事成為相干，陌生人成為熟朋友；而好友有時成為仇家。便因寶，看破的，逍遙山林；癡迷的，枉送了性命。

除開練功本質及其外緣尋寶要素外，武藝小說尚有幾個意念上的因素，便是「勝利」與「滿意」。

或許有時可以說：武藝小說是勝利小說。武藝小說是滿意小說。

武藝小說講及許多對立及衝突的人物與事件，這些人與事終會在小說進行至末尾時，顯示出某一方的勝利。這勝利的一方，往往是讀者在開頭不久便已引領等待的對象，而在書終時，才令讀者宿願得償。武藝小說所關乎的許多勝利中，大約有：男子追求女子，千跋萬涉，苦惱嘗盡，最後終獲芳心之勝利。少年自幼父母遭害，四處尋訪仇家並同時潛心練武，其間亦是慘痛挫抑不堪，終得手刃強徒以報家仇之勝利。至於與武功之高低作修練上之拉鋸，終得練成蓋世絕技之勝利，這種種皆是勝利意念在武藝小說中之習用。

勝利了，便造成「滿意」的效果。武藝小說常多用懸疑，乃造成觀者興趣之提注，不往下看便不得饜足；這懸疑便是「求滿意」，到了書末，懸情獲釋，看的人也即滿意了。

又武藝小說自許多不安、動盪處起始開端；亦即從不滿處開始，而至滿意處收束，故謂武藝小說是一種滿意小說。

至若將「尋寶」意念擴而大之，將書中的寶貝利器盡量的使用時，往往又成了機關小說。像《飛狐外傳》中商家堡的練武廳，四壁及地板、屋頂皆是鐵鑄，可將敵人關困其中，再在廳外燃火烤炙，以置敵人於死地。似這種機關裝具之無限使用，便是機關小說作家之能事與著意方向。金庸於《飛狐》中一用即止，其主要工作仍以「練功」為其意念本質。

武藝小說既含括了由小變大、由慢變快、由不能變可能的諸般情形，於是它出現的世界，是一個發揮後的世界。發揮後的世界未必不現實（雖然它決計避免與現實世界一模樣），它是現實之外添飾了東西的；如同女子化妝，臉上塗抹彩料後，乍然望去，則深目高鼻，嘴角眼角也出現了有力的勾勒形廓。當然，每人皆知此種效果是化妝使然，卻不會說這張臉不現實。而我仍想端詳她的臉以得知彩料後的原本面目，一如想猜測出武藝小說紛紜事體所包之內裡樸質本相乃是相同道理。於是，練功本質之於武藝小說，即如化妝本質之於求美行為，乃得相提並喻也。

第參章　金庸的武藝社會

一人練功，是個別行為；多人練功，並互通有無，則成為社會現象。

武藝小說中多的是習武用武之人，武人自有其安身立命之處，且名之為「武藝社會」。「武藝社會」四字，意思同於書中人物所說的「武林」。如今特別起這名字，一來為了在行文中不時與「尋常社會」相對，二來「武林」是一習呼代號，如同「天下英雄好漢」用以通稱他們生活所在地的一句切口。而「武藝社會」四字除名謂之外，又多了性質分析的意思。

武藝社會未必有一塊固定的領土，便如「武林」並非真能見其樹木。意識上，武藝社會由許多散居各地的關乎武藝之人所構成。平時，他們各別分處自家派系門庭；遇有事體，則聚集一地，展開與武有關事宜。除此之外，便是武人三三兩兩之邂逅；你遇上我，我遇上你，也可發出武藝行為。

一、武藝社會建築在尋常社會之上

金庸的武藝社會不是獨自孤存的，尚得仰賴尋常社會。武藝社會在黑夜所用之地，尋常人白天紛紛走過。武人所吃之米，大多是尋常社會農夫所栽。武人乘車，趕車的常是普通人。

由此可見金庸筆下規範之世界並非一個無中生有之境。亦且不能算是一個模擬現世之另境，它根本就和現世情狀交相使用。

在金庸書中，當尋常社會與武藝社會交集在一起時，通常尋常社會走避，讓武藝社會現身，接下整個場子。於是楊過在襄陽城外，方能以一石塊擲死蒙古大汗蒙哥。又如在飯館吃飯，大夥兒動筷子張嘴巴時，便同尋常社會一般；若是有武人起了爭執，則一轉眼間，「閒人」便溜光了。「閒人」自然是指非武藝社會之人。閒人溜時，順理成章的把尋常社會的那一套也同時帶走了。

「尋常社會的那一套」，便是指有些對武藝小說這種非常筆墨猶未諒解之讀者、其心中所習以為常而堅信不移之事。

尋常社會的菜刀、釘耙，不及武藝社會的判官筆、鬼頭刀來得鋒銳，一如尋常用馬不及非常用馬（汗血寶馬、青驄馬）奔跑得快是一樣道理。因此在武藝小說作家之建築下，武藝社會對待尋常社會，往往以大對小、以強臨弱。儘管武藝社會根植於、寄居於尋常社會的大宅子裡，卻也說不得給他來個喧賓奪主。就此打住，後章「寫法」中還會細詳。

在《連城訣》中，狄雲初抵萬震山家，和呂通爭打，定規要呂通賠師父新衣；這是以尋常社會之舉試之於武藝社會。其結果也，一來讓武人（萬震山師徒）很看不入眼，而至輕視乃師（戚長發）之疏於調教，二來狄雲自身立時會吃苦頭。

果然這苦頭吃得不小。讓呂通打了幾下猶是小事，老叫化也解了他的圍。夜裡激得萬家八名弟子和他比武，繼而一直到他右手五指被削、被人誣陷入獄、琵琶骨鎖上鐵鍊、師妹誤他為貪財好淫，皆是因為不明瞭武藝社會種種習例所致。

段譽自外於武藝社會。於《天龍八部》序幕初揭，在劍湖宮觀人比武，不禁笑出聲來，引起武人不滿，接著句句質詢，段譽所答皆不能合於武藝社會之種種世故，令他幾有生命危險。性命後來雖得保住，卻也一腳踏進了武藝社會。武藝社會究竟有何不妥之處？以段譽出身武學世家之人猶自不願涉入？《俠客行》中的狗雜種（石中堅）說得好：「我撞來撞去這些人，怎麼口口聲聲的總是將『殺人』兩字掛在嘴邊？」可見武藝社會險象環生，而段家的武人也不知道在平時曉諭段譽，一如《俠客行》中丁璫所說：「咱們學武之人，動上手便是拚命，你道是捉迷藏、玩泥沙嗎？」

段譽在遇見馬五德以前，是生活在尋常社會之中。經馬五德一引，則進入武藝社會。進入武藝社會後，照例，尋常社會的種種必須捲鋪蓋走路。如同太陽一出，鬼魅立刻消失無蹤。自此，段譽的遭遇比之先前要忙上數倍、奇上數倍，吃的苦，也要比先前大得多。當然，遇上的女子，也會比先前美得多。

馬五德何為用也？馬五德這三字人名如同一座道具橋梁，他懸空立於中間，左邊是尋常社會，右邊是武藝社會。便因有馬五德，自尋常社會轉入武藝社會才不致突兀。

段譽進入武藝社會，總算運氣還好，朱蛤神功、凌波微步終歸是外來之物，有與沒有，且不當它重要，手腳總是完好。狄雲甫入武藝社會，卻已落個身家悲慘。至於《天龍八部》的游坦之之受盡折磨煎熬，《笑傲江湖》的劉正風欲金盆洗手猶不可得，反令全家遭戮，這在在顯出武藝社會之涉險性，而這涉險性是尋常社會所不易遭遇的。武藝社會的「家常便飯」，並非尋常社會所能「司空見慣」者。

武藝小說所以隱隱然規劃出一個武藝社會，便為了尋常社會已不敷武藝作家之用，於是出此另策。否則僅需在尋常社會中選取一些民眾，令他們習習棍棒、施施拳腳也就成了。然而那就不是武藝小說了。

武藝小說中所講敘的故事，主要還是發生在武藝社會中。尋常社會的出現只是陪襯、過渡而已。於是《連城訣》中戚芳在湘西農家時養的那隻牛——大黃——一出場便又入場，如同煙雲之過眼，消失倏忽。乃因牠是尋常社會之物。黃蓉的一對鵰兒卻一直與讀者相見，乃在於牠們立身於武藝社會。至若梢公、車夫、店小二、茶博士等尋常社會中極其尋常之人，更是不會在武藝小說中稍有多停，他們連名字也沒被安上，讀者早把他們給忘卻了。

二、武藝社會的構成分子

基本上，所有學武之人構成這個武藝社會，雖然有些不會武功之人（如武人的妻小或誤涉入武林事件之人，或與武人同門、學的卻是醫道或用毒而不是武功）也常處武藝社會中。

學武之人包括：

一、名門正派——如少林寺，武當派，五大劍派（嵩山派、泰山派、華山派、衡山派、恆山派），青城派，崆峒派，峨嵋派等。

二、草莽幫會——如巨鯨幫，海沙派，飛魚幫，丐幫等。

三、教、社——如明教，朝陽神教，神龍教，天地會等。

四、鏢局——如福威鏢局，龍門鏢局等。
五、官府捕快、朝廷侍衛——如張召重，多隆，白振，汪鐵鶚等。
六、武館拳師——如周仲英，馬博仁等。
七、綠林盜賊。
八、其他游離個體——如桃花島之黃藥師，天池怪俠袁士霄，姑蘇慕容世家，後半生的楊過，司徒千鍾，歐陽牧之等。

通常在金庸小說裡，與宗教或學說有關的團體，皆涉武學。佛家有少林寺，道家有全真教、武當派，法家或可包括官府捕快，而丐幫某些行為略近墨家，許多有文雅修習之武人則不能不讀些孔孟儒學，至於那些有嚴格教義、會規的集團如明教、天地會等，盡皆講武用武。這樣一番安置，乃將武藝社會落實於中國史實之中，亦同時形成武藝社會與尋常社會竟是一家人，你裡面有我，我裡面有你，不可分也。習武之人在武林中雖須遵照武林規矩，大約放下刀槍回到家裡總也過的是尋常社會的日子。端杯喝茶、伸筷取菜，當不致使上內力。

上面所敘之武藝社會，猶在中國之內，所謂「中土武林」是也。而事實上，所有會武之人皆被認可容納於武藝社會之中，即使這會武之人並非居於中原武林或甚至不是中國人。因此，倘有西域之人會武，中原武林自將之列入榜上字號。若其武功極高、藝業驚人，更是令中土羣豪遙遙寄敬、奉為大師。天竺之人雖非與我同文，在武藝社會裡卻自然視為一脈。《射鵰英雄傳》中的靈智上人及《神鵰俠侶》中的達爾巴，兩者皆與中土武人言語不通，卻因同視武學為人生大事，致使大夥兒可以共處武藝社會而不會在交往時有習俗方面之悖怪。

可見武藝社會是就武功而參入其成員，不是以籍貫、國別來考慮其資格。

武功是武人與武人之間的共同語言。對武人而言，看見招式或許比聽見言語更真實、更能了解意思。一個練家子看見另一個會武之人演練拳腳，常能知道對方胸中丘壑之深淺，亦能猜測對方和自己之溝通可有多少。這和喜好音樂之人以音樂來相交是一般道理。

在某一意義上言，武藝社會的範圍大於尋常社會。尋常社會在行政上之國度，有其一定限制；所謂中國人只在中國之內。而武藝社會則可以無限制的遠及海外；任何人哪怕是身處南極北極，只要會武，也便是武藝社會的遠方成員。武人原本不在乎路遠。武藝社會只問武功，不問距離。便因武功，於是「天涯若比鄰」，而「四海之內皆兄弟」也。

曉乎此，則武藝社會創建之大或小，武藝社會成員之多或少，武藝社會風俗之繁奇或簡易，在在不失可以測作武藝作家之世界觀也。且讓我人審視一下金庸武藝社會之跨伸可有幾遠幾廣。

三、武藝社會在意識上的疆域

大體而言，金庸的「世界觀」，就事件講，是繁忙而接連不斷，層出不窮。就遭逢人頭講，是千奇百怪而又良莠不齊。就人之終究目的講，是若不歸於空無虛靡的佛道出世觀念，便是為國為民雖身捐軀殘亦義不容辭；有情人雖成眷屬，焉知二十年後另一干有情人不再為情所苦？至於那些中下半吊子之材、那些「是非總為強出頭」者，終落得山澗殘骸就了狼口，亦在所多有。

就地域講，是廣大而無遠弗屆、恆無際涯。

現下先表地域。其餘後章會詳。

東至海邊，可觀錢塘潮，而海邊猶未盡，海外尚有桃花島，島並不荒，有人力巧意加其上，尋常人登之，一步也走不通。西向可抵西域，西域武人與中土武林之互通有無，可說司空見慣。更西雖未至天竺，天竺之深奧，卻有天竺高僧傳來。南有福州林家辟邪劍法，出海更有施琅遠抵臺灣。南之西有段家一陽指、六脈神劍，而藍鳳凰的蠱毒亦成一絕。北有北丐洪七公，北京城更有康熙皇帝、韋小寶，北之西可馳騁蒙古大漠，北之東直抵羅剎莫斯科。更有遠者，如謝遜、張無忌之處極地冰火島，而波斯人迢迢履足中土皆是。中原更是人才輩出，五嶽劍派各有勝場，中神通何啻天上神仙？

將偌大一個中國，寫得無奇不有，寫得潭底有穴、穴中更有神奇事；山谷有墓，墓中更有活人常住。尋常酒館裡不止鎮民來往，尚有叫化子背負布袋吃酒，有西域深目高鼻赤腳和尚同那南方魚米之鄉的公子哥兒在座。各人說各地方言，各人生各家頭臉，各人使各式兵刃；那兵刃你長我短，有重有輕，端的是千奇百怪，無非想拚個你死我活。

至若荒野幽谷，金庸更是任意取材，隨手拈來，飛禽走獸，花草蟲魚，莫不生動有趣，盡極想像。

這是中國萬象。寫中國人事的大書，本願之一，往往即是熱鬧。中國的通俗藝事，尤其如此。例如民間廟會、婚喪儀事、市集買賣，以及平劇這種吾國的代表戲劇，何嘗不是主熱鬧、敘繁華的？悲歡離合，滄桑變易；便是淒苦冷清之事，亦須出以華麗多重之配調。金庸於武藝小說這種通俗文字，在敘述時常使上不少中國民間習見的小趣味之安置。書中人物常有的抬槓鬥口，如桃谷六仙、包不同等，盡皆中國人事也。

四、武藝社會的規矩與習例

金庸的武藝社會，大體言之，已稱得上一個成熟的社會。「成熟」二字，謂其中的成員已深刻瞭解在此社會裡如何生存與活動，並行之有年，又此社會確有其獨特性，而這獨特性——武功——已發展至相當高度，使得社會裡每一份子皆能約定俗成的對之重視、並以之互相交通。

假若它不是一個成熟的社會，那意味著它還有可能被尋常社會消化掉，而武藝社會的特別蹤影便瞧不出來。例如有一羣人在莊稼之餘舞舞拳腳、練練板凳，到了廟會或重要節慶時擺起擂台比武，假如這些武功低微之極，而又只是少數人在田事之餘才得以學武，那麼這種「不成熟」便不能自己成為一個武藝社會，也不能不被尋常社會所涵蓋消化。

《天龍八部》中若是沒有「北喬峯，南慕容」，沒有大理段家六脈神劍，沒有逍遙派、星宿派各項絕技神功，而只有馬五德這樣的「業餘」人物，那麼仍然是尋常社會的故事，而不成其為武藝小說了。

故而成熟的武藝社會，自必有成熟高超的武功發展，而這又賴於相當多數的成員視練武用武為身前要務，同時眾武人又逐漸推展出一套規矩及習例，而這規矩習例又是大夥兒自然遵行不替的。武人的生活方式下節會講到，先敘武藝社會的規矩及習例。

金庸武藝社會的大致規矩與習例約有：

甲、不可偷學別人武功

「偷師竊藝，乃是武林中的大忌，比偷竊財物更為人痛恨百倍。」（《飛狐外傳》頁七。編按：以下所引書目及頁碼，皆根據遠流出版《金庸作品集》一九九六年版。）連原非身處武藝社會、卻因形勢被誤拉而入其中的狗雜種（石中堅）也曉得：「偷學人家武功，甚是不該。」（《俠

客行》頁二八四）

乙、長幼有序，尊卑分明

「白萬劍道：『……咱們武林中人，講究輩份大小。犯上作亂，人人得而誅之。常言道得好：一日為師，終身作父。……武功再強，難道能將普天下尊卑之分、師門之義，一手便都抹煞了麼？』」（《俠客行》頁一八四）

各門各派中師徒輩份極其嚴格，做弟子的，必須尊師；而師弟必須敬重師兄。做師長的，遇有弟子犯了門規，重的可以取其性命或廢其武功，輕則可以罰他面壁、趕出門牆、打斷肢骨。令狐冲給師父岳不羣趕出華山門牆，而馮默風更讓黃藥師打斷了腿，兩人皆因違犯師門規矩。張召重給紅花會捉住，交與他大師兄馬真處置，張召重卻害得馬真慘死，似這種弑殺師兄之罪，難逃武林公憤。黃藥師晚年收程英為徒，程英便自然而然與黃蓉平輩了。郭芙的武功由黃蓉所授，按理應喚程英「師叔」。雖然兩人年歲相近，卻因輩份規限之嚴，端的是不能逾越。胡斐就曾說過：「我門中只管入門先後，不管年紀大小。」（《飛狐外傳》頁四三三）便因輩份縛人甚矣，國人在市肆之間、戲台之上，總喜歡讓人家叫爺爺，稱爹爹。而楊過、韋小寶繞著彎兒罵人，也還不是想做人家老子？令狐沖給終為輩份所繫，饒有萬丈豪情，總是纏手縛腳，還不得自家身。而他又不甘拘偽於禮法，以至每一步涉行江湖，皆冒殺身大險。那些要殺他而後快的人，哪一個不是他該叫師伯師叔的？端的是名門正派弟子最最苦不堪言。

大凡格囿愈嚴，人愈思突破而出。武藝社會既有這套禮教，武藝小說正好派上用場，金庸之書，於禮教之不以為然，讀者想必多所見之。

丙、男女平等

「因為座中都是武林人士，也不必有男女之別。」（《飛狐外傳》頁九四）男子能習武練功，女子亦能。武功高低，但看才智努力及遭際，並不在於性別。男子能遊於江湖、宿於旅店，女子亦如是。若身陷不便處境，男女皆能忍受穴居露宿、茹毛飲血之苦。男子能出手殺人，女子亦得取人性命。英雄救美固在所多有，文弱女子以智計救出堂堂鬚眉者，更是司空見慣。男子未必洗練沉穩、機變世故，女子亦不盡是足不出戶、難悟江湖險詐。

丁、老少平行

在某一意義上，金庸書中，老少可得平行，乃武藝社會裡武功最易為人先行考慮；武功人人得而練之，聞道有先後，術業有專攻，年少者勤於演練，功夫未必不如老人。老而不苦修，雖老亦奚以為？是故少年有時可作老者之師。韋小寶足可教導八十多歲的澄觀，澄觀亦樂於受教，「既有這位晦字輩的小高僧來指點迷津，不由得驚喜交集，敬仰之心更是油然而生。」（《鹿鼎記》頁九二四）除武技外，德業、智能亦是同樣為武林羣豪所講求。相形之下，年紀最是不足一提。

武人往往沒有年齡之念。或許是武功練高了，年歲雖老身體卻依然壯健，另外一個原因便是在武藝社會中年齡並不必然構成他們的優勢或劣勢。許多老太婆和戀人或冤家吵起嘴來，與年輕人相較毫不遜色，如丁不四與史小翠。而周伯通再遇瑛姑，像少年一般靦腆。

戊、武人最好面子

「阿綉道：『武林人士大都甚是好名。一個成名人物給你打傷了，倒也沒什麼，但如敗在你的手下，他往往比死還要難過。因此比武較量之時，最好給人留有餘地。』」（《俠客行》頁二九六）武人的面子皆因武功而來，有驚人藝業者，自然得享盛名。盛名得來不易，乃因練功是苦差事，又非一蹴可幾。故而名氣自需捨命維護。

「學武之士，除了修養特深的高手之外，決計不肯甘居人後。何況此日與會之人都是一派之長，平素均是自尊自大慣了，就說自己名心淡泊，不喜和人爭競，但所執掌的這門派的威望卻決不能墮了。只要這晚在會中失手，本門中成千成百的弟子今後在江湖上都要抬不起頭來，自己回到本門之中，又怎有面目見人？只怕這掌門人也當不下去了。」（《飛狐外傳》頁六一二）好名之人往往正是有心人。岳不羣便因為好盛名、好追求更體面的境界，不惜使詐弄權、偽善虛飾，最後雖落得一敗塗地，卻也是煞費苦心了。

己、武人最重信義

武藝社會自有其道德觀。大致上與尋常社會之要求相當接近。其中最特別的一件，乃武藝社會最重信義。

吾人早知武林是一尖銳化、擴大化的社會，一件事情在尋常社會裡沒有什麼效果，在武藝社會裡往往掀起大風大浪。因此尋常社會之人固然也須講信守義，但有時環境等因素不湊，做不到便也罷了。武藝社會卻不是「說罷便罷」。既說之，則需成之，任你有天大的困難，也得挾命以赴。故許多老於武林世故之人在發誓時或允諾時，皆在字面上極力做下機巧，以求閃躲那不日之重罰。

《天龍八部》中的第三大惡人南海鱷神岳老三便因一言既出，只得向他的意中徒兒段譽叩頭拜師，反做了段譽之徒。可見武林之人為了信義，即使由優勢改為劣勢，也說不得只好如此了。

何以武藝社會極言信義？乃暗暗流溢這麼一個意思：武人盡皆練功，以達到將身前各事各物一一克服。既有功夫，則許多尋常社會之人不堪達成之事，武人行來常輕而易舉。武人之守信，便如對自己功夫之期許與驗證。因此，信義之講守與武功之高下，常成正比，而無有武人會認為自己功夫不如人，自需往信義上竭力完成。

此事既明，則武人之好面子，爭強鬥勝，皆可以並喻而曉了。

庚、正邪對立

武藝社會中，正邪對立。所謂「正邪對立」，實是正派不容邪教，而邪教卻還容得下正派。正派人士視邪教為毒蛇猛獸，致有邪教之稱。邪教本身原不會稱自己為邪。像黃藥師甘稱自己為「東邪」，係反其意而用之，愈發以此來攻人也。

邪教對於正派，乃我行我素，河水不犯井水便是。正派卻又不同，你即使不犯我，我還是要剿除你，乃因你為禍武林，甚而為禍文林，若不將你收拾平服，便枉為學武之人了。

在金庸書中，「正邪不兩立」似乎未必是武藝社會之永恆常態。在金庸筆意裡，也隱隱想將武人的正邪之分，作一個勸服。要不然，只需有一個惡人在夜裡做奸邪事，那些以廓清正道為職志的武當七俠便需有一人當夜不能睡覺。張三丰活了一大把年紀，自然善體門下弟子終年行俠之勞（有時行俠行到連師父生日都差點兒趕不回來），便說了一句公道話：「別自居名門正派，把旁人都瞧得小了。這正邪兩字，原本難分。」

將相爭互吵的正邪兩方拉扯開來，金庸這和事佬也忒費苦心了，有時還須犧牲好端端的人命。張翠山和殷素素這一對璧人就為此而死。楊過和小龍女便也因此分離一十六載。令狐冲與任盈盈終雖結合，卻歷盡多少身心煎熬。郭靖與「小妖女」黃蓉結成夫妻，其間的千山萬水，作者跋涉起來，想必腰瘦腿腫。

名門正派的男子與邪教女子相遇而至結合，是金庸小說中極顯著的一個安排。其作用之一，便是「使正與邪結成親家」，從此不分你我，不分彼此。

要能正邪不分彼此，則必須正派先行讓步；何也？因為原先是正派不願容下邪派，邪派的名稱也是正派給的。這當口，金庸又得往邪派那廂多靠近一點，以將其劣勢扳回一些；張翠山自恃正派，起初對殷素素相當不屑，而殷素素對他卻一往情深，處處容忍，處處為他著想。任盈盈對令狐冲何嘗不是如此？令狐冲剛愎自用、食正不化，任盈盈茹苦含辛，始終沒有怨言。讀者閱來，早已站在「小妖女」這邊，而對名門正派多有責難了。邪派既有這諸般好處，那麼正派便不能再得理不饒人了。

正派自說其正、自話其正，一如俠義之人自道其俠義，同樣讓人看不過去。於是金庸在《倚天屠龍記》三六五頁、三六六頁中將「名門正派」四字各提一次，語氣裡隱隱有嘲諷之意。

殷素素道：「……卻沒想到名門正派的弟子行事跟他們邪教大不相同。……」（頁三六五）

只見鐵琴先生何太冲年紀也不甚老，身穿黃衫，神情甚是飄逸，氣象沖和，儼然是名門正派的

一代宗主。（頁三六六）

在武藝社會中創設正邪對立的狀態，再將這對立狀態加以調停，在在是吃力的工作。於是可知武藝社會之建築，的確是一件繁重的大學問、大工程。

辛、師擇徒，徒擇師

「要知武林之中，徒固擇師，師亦擇徒。要遇上一位武學深湛的明師固是不易，但要收一個聰明穎悟、勤勉好學的徒弟，也非有極好的機緣不可。」（《飛狐外傳》頁六二九）

師徒之互相擇取至如此慎重地步，為了什麼？自然是為了武功。武功在武藝社會中不自禁的成為最最緊要之事，一如它在武藝小說中具有本質之地位。

幾乎所有武藝社會的習例皆對應於武功。譬似武功是一中樞，向四面八方發散，構成一幅含有各項措施的武藝社會之網。又好比武功是丹田，是氣海，各種武林事態是奇經，是八脈，氣息得以全身遊走，盡其大小周天。

五、武藝社會的生活概況與營生方式

在成熟的武藝社會中，武人通常自幼童或自少年起便開始學武，而後每天習演，有時勤些，有時惰些，如此至死方止。職是之故，許多武人的一技之長便只有武功這一項，謀生時也只能靠它。通常，非得靠武功去做事賺錢的人，武功並不高強。而不需以武功賺錢之人，武功比較高。鏢局中人、官府捕快、草莽幫眾、武館拳師等，武功總不怎麼樣。而少林寺的老僧、全真教的老道、桃花島的島主、慕容世家的子弟等，武功往往極高。由這一件事顯示，專注習武比賣武要來得高明。而以之拿來現世者，多半是泛泛的武功。

賣武以謀取生活，在武藝社會中往往是不得志者；便因為武功不高、資質不良，才落得賣武這一下策。否則武功練成一代宗師，又何需去賣武呢？但一代宗師如何謀生，金庸書裡似乎沒說。又因為奔於營生——如賣武一事——自不能潛心練功，漸至極境，武功當然就不容易高了。再者，賣武並不需要最高的武功；既成工作例行習慣，久而久之，也不想把武功往巔峯上去求去練了。

另外有人學得武功，將之售與官府，這事在武藝社會裡，極為眾人所不齒。眾人會認為：空有一身武功，竟去投效官府，沒的辱沒了我輩學武之人的風骨！這話不知從何說來。只有設法自加推想：莫非吃公家飯與練武行為有極大的衝撞，一涉足官府大門便於武學有損？又莫非武藝社會之人以練武作為人生最最要緊的第一大業？便如孔子所說「朝聞道，夕死可矣」的那件「道」不成？然又似乎不像，倘若大多武人真把武學當作道，武藝社會中不會有這麼多紛紜的謀生方式，也不會有這麼多的爭鬥才是。

說到武人之謀生——或者更確切說，掙錢——，鏢局當然是靠人保鏢，綠林好漢則是打家劫路人，有時或許還劫鏢。武館拳師可以教拳收學費。草莽幫會大約是靠山吃山、靠水吃水，壟斷某塊地面，收取規費。有時或也做些綠林勾當。

這些人還稱得上有「正當職業」。

《笑傲江湖》中的令狐冲在華山門牆時，每日吃飯、練武、睡覺自不在話下。這是例行公事，武藝小說自不必細道。他吃師父住師父，大約也如和尚吃廟住廟是一樣的。然而令狐冲的收入呢？按中國人保守之想，或許會說：「他有得吃有得住，還要什麼收入？」這就是問題所在了；須知「收入」，哪怕是一點點，已關乎一種重要意義——自由。許多老太婆住在子女家中，有吃有穿，又沒力氣到外頭走動用錢，卻仍然每月非得向晚輩要個三百五百，為了什麼？一種自由，一種安全感。非得自己持握一點什麼，否則不篤定。武藝小說既從許多不滿足之處起始開端，那麼「令狐冲的收入」一事，便可能演成一部書。

當然，按常情推想，令狐冲的師母寧中則對他關愛有加，極可能每月或過年過節給他一些零用錢。令狐冲猶是小件。岳不羣的收入卻從哪裡來？祖師爺的基業？就算祖師爺遺有恆產，亦應有新的來源，否則豈不成了坐吃山空？少林寺有自己田園，和尚自耕自食，此外尚可化緣，又有香客施給火油錢。以少林寺起居作息之例來衡比武藝社會羣豪最是方便。岳不羣統率偌大一個華山派，進帳不是一件小事。飯吃不飽、劍打不起，那麼華山派指日可倒。便為了這麼多張嘴巴等著吃飲，岳不羣這份傷腦筋又可演成一部書。自然我人還可推想有許多弟子入門前先奉上大筆的束脩，又每三年五載可能弟子的父親還送些布疋金銀以為敬禮。凡此等等。但這是我人推想，小說並沒提起。

說到「收入」，固然是俗氣瑣事。然在金庸的武藝小說裡，卻不可等閒以視。否則讀者們撞來撞去看到的人，何以都是白花花大把金銀任意揮霍？他們行走江湖時的日常豪勇，倒有大半是從這使錢之中表露出來。武藝小說既講到錢的去處，應不妨也講一點錢的來處。

華山派如何自立，並非定要就華山派而言明，若於青城派、崆峒派中略所敘及，我人讀來便也就有了推想的張本。否則我輩讀者惟有以現世所知來做推想，這往往又與作者苦心架構之武藝社會格格不入，甚至以現實來責怪武藝小說之虛幻，更是壞了閱書的情趣。

《笑傲江湖》沒說清楚的事，若在《倚天屠龍記》裡得以表白，也便成了。且讓我們來看看張三丰所統之武當派是如何一個生產起居情形。

張翠山……自幼清貧，山居簡樸。（頁三六一）

張翠山心想：「岳父母送來這等厚禮，該當重重賞賜兩人才是。可是就把山上所有的銀子集在一起，也未必賞得出手。」他生性豁達，也不以為意，笑道：「你家小姐嫁了個窮姑爺，給不起賞錢，兩位管家請勿見笑。」殷無福道：「不敢，不敢。得見武當五俠一面，甚於千金之賜。」（頁三六二）

張三丰一生最厭煩的便是這些繁文縟節，每逢七十歲、八十歲、九十歲的整壽，總是叮囑弟子不可驚動外人。豈知在這百歲壽辰，竟然武林中貴賓雲集。到得後來，紫霄宮中連給客人坐的椅子也不夠了。宋遠橋只得派人去捧些圓石，密密的放在廳上。各派掌門、各幫的幫主等尚有座位，門

人徒眾只好坐在石上。斟茶的茶碗分派完了，只得用飯碗、菜碗奉茶。（頁三六六至三六七）

由此看來，武當派的經濟情況並不富裕。這自然跟張邋遢的性情有關。武當派雖然清苦，宋遠橋等七弟子卻也似乎不必做工煮飯，煮飯自有火工道人去辦。弄不好連喝茶都有道僮給他倒來。武當七弟子若不需身事生產，那他們做什麼呢？不用說，自然是練武及行俠。書中所示乃是如此。也於是，「武當七俠」四字成了他們的固定名銜。只需行俠，不需生產，這種生活狀態不啻是十分有趣的。

倘若有一天，海沙派或巨鯨幫的某一門徒給武當七俠中某一個一招打敗，隨口怒道：「武當七俠武功超倫、俠義服人，但你們天天不需為三餐奔波，這份武功與俠義，旁人服得，我瞧來也不怎麼樣。」武林中無奇不有，說這種孩子話的想必也有。只是這番話武當七俠聽來不知作何想。

張三丰由於天性隨和，人又邋遢，「一件道袍污穢不堪」，對於武當派的「拓展」這種經濟之道自可不多注重。但岳不羣工於心計，於世俗之體面極其講求，故金錢這一份「俗」應不致免才是；也於是華山派的生計，該當與岳不羣的性格交相敘述，這也同時可合於文藝家所說的「情景交融」之要了。

雖然張三丰的收入在《倚》書裡仍沒提及，卻也因武當派是一出家道觀，其境遇比華山派這一干俗家人自要來得方便。言念及此，岳不羣獨力挑起的擔子似乎又重了些。

六、武藝社會的人生追求

人大約先是遊走於世界，浮浮沉沉，茫茫蕩蕩，而後才漸漸興出「人生目標」的念頭。武藝社會中人亦如此。武人先是練武，至於練武要幹嘛，練武到最後將如何等等，則是慢慢想至明晰的。當然，在練武期間，也常會不經意的想到一些用處；例如練武可以自衛、可以打人。又練武可以拿來日後找一件差事、換一碗飯吃。這是很容易讓武人想到的極為平常之用處。若以練武來報仇、來保國衛民則又稍高了一層。至於像《連城訣》中的丁典，以他的武功竄房登高，每天半夜帶著心愛女友凌霜華遊山玩水，過著比神仙還快活的日子，這又是武功的妙用了。段譽若是晚生幾百年，知道這些事情，必定矢志練武。

至於另有一些武人，以練武作為日常慣例行為，如體操一般，本身就是職業，他們心中於這

「武學人生」不知作何展望之想？

武當派的俞岱巖是這樣想：「武學之士，全憑本身功夫克敵制勝，仗義行道，顯名聲於天下後世。」（《倚天》頁八七）

原來俞岱巖也和張翠山及其他師兄弟一樣，弄來弄去還是要行俠，要仗義。

張翠山的行俠和胡斐的行俠不同。胡斐的「俠」是偶然行為，在於某一時刻的心中感念；他遇見鳳天南害了鍾阿四一家老小，心底怒火中燒，全身沸騰，若不將鳳天南置於死地，何以對死去的鍾家老小？又何以安自己的心？

張翠山等武當七俠，他們的「俠」，是職業行為；不需講某時的遇逢，也不需講道義心之受到激盪，只要在理念裡知道某事不公或某事必須去做，便去行俠了。好似俠案堆積辦公桌上，必須一件一件的將之逐案清理。

當然，咱們事先早已隱隱約法三章，絕口不提以現實社會來衡量武藝小說中事。也於是，我人斷不可說「以行俠來做職業於史實不合」這類話。我們姑且認為武藝社會有「行俠」這門職業。

凡事職業化後，常有其漸來之弊病。唱歌若屬情感之發作，則是好事，若成職業，便不妙了。而天天視職業而為之事，必漸失去原初的本意，甚至原味淡褪而至不知所云。好比眼睛盯著一個字看，便愈看愈不像是那字。

天天行俠，固然有人可以做，然這是涉及「心感」之事，若只是概念的行來，而非有感才發，便有一點「暴殄天物」的況味，仁人宜士當不忍為。

所謂「不忍為」，乃是天天除惡、天天替天行道，終也會感到「生也有涯，而惡事無盡」，最後一憤之下，索性給他來個出世，再不理人間惡人惡務。

這是出世之想者。除開「行俠」與「出世」，武藝社會尚有什麼更遠大的人生追求？許多人武功極高，足可來去自如，逍遙世間，卻去參加一些幫會，弄到後來，求生不得，求死不能，《俠客行》中的貝海石便是。

謝煙客道：「素聞貝大夫獨來獨往，幾時也加盟長樂幫了？」（頁九六）

長樂幫中另外有一個陳冲之亦有相同困擾。

陳冲之……想：「陳冲之啊陳冲之，石幫主喜怒無常，待人無禮，這長樂幫非你安身之所。今日若得僥倖活命，從此遠走高飛，隱姓埋名，再也不來趕這淌渾水了。可是……可是脫幫私逃，那是本幫不赦的大罪，長樂幫便追到天涯海角，也放我不過，這便如何是好？」（頁一三七）

可見武藝社會危險重重，有些人弄到最後，為了活命，竟也想離開了。但《倚天屠龍記》裡的謝遜笑道：「咱們學武之人，死於刀劍之下有什麼希奇？」（頁二一七）

像謝遜這樣不怕死的，老實說，在武林中真是不少，許多人一逕往前、不思退縮，端的是到處可見。但大夥兒不怕死，卻又是為了什麼呢？

郭靖、蕭峯是為國為民。戚長發是為了財寶。謝遜是為了報仇。楊過是為了小龍女。公孫綠萼是為了楊過。張翠山是為了行俠。岳不羣、任我行是為了名望尊位。東方不敗原為了地位，後卻為了楊蓮亭。

郭靖如果戰亂停歇、百姓安和，他又做些什麼？或者說，他在桃花島時心裡有什麼人生目標？戚長發即使得到財寶，他又如何呢？楊過和小龍女結成眷屬後，又怎麼建設他們的後半人生呢？是否像他和小龍女說的：「咱倆一齊到南方去。聽說嶺南終年溫暖如春，花開不謝，葉綠長春，咱們再也別掄劍使拳啦，種一塊田，養些小雞小鴨，在南方曬一輩子太陽，生一大羣兒子女兒，你說好不好呢？」（《神鵰俠侶》頁一一五四）受過苦難的人到底會往澹泊上想。另外也有馬春花這樣說：「總得瞧孩子份上。今後我兩口子耕田務農，吃一口苦飯，也不做這動刀子拚命的勾當啦。」（《飛狐外傳》頁四二八）可是胡青牛卻嘆道：「天下雖大，只可惜到處都是一樣。」（《倚天屠龍記》頁四八二）

岳不羣、任我行、左冷禪、吳三桂等若得到了權力霸勢，又打算怎麼過日子呢？《倚天》中一老者道：「『武林至尊，寶刀屠龍，號令天下，莫敢不從！』這話你聽見過嗎？」（頁八七）由此看來，武藝社會中不少人努力追求的，似乎是往那「至尊」上去。又那老者續說：「……武林中至尊之物……不管發施什麼號令，天下英雄好漢都要聽令而行。」（頁八八）可見武藝社會中的那個「至尊」如同那尋常社會中的皇帝一般。當了皇帝，自然榮華富貴享用不盡，但行政事務卻也頗傷腦筋。武林的至尊，不知有人當過否？當的那個人勢必過些令人羨慕的好日子才是，否則武人怎麼揣摩至尊的好處？但不知武林至尊曾經是哪幾個人？

除開這些人外，段譽的人生追求是什麼？令狐冲和狄雲的又是什麼呢？胡斐報完仇後又往下追尋什麼？黃蓉、任盈盈等又有何種樣的人生目標？

其實，他們皆隱隱有其人生目標，只是沒有太顯現其特高之處罷了。

郭襄是最具特殊性格的小女孩，又是孑然一身，飄然不羣，卻不知怎的仍要去創一門峨嵋派，而不是孤身一人，逍遙天涯。轉來繞去，竟還做的是掄刀使劍的生計。

武藝社會中忙於營生的奔勞大眾，其生活不夠高明或不夠精雅，我人自可不必數說他；鏢師保鏢、拳師教拳，工作已然不輕，工餘，或許喝兩杯酒、賭賭牌九、逛逛街坊也就差不多了。至於武藝社會中有聰明思想之人、有特異稟賦之人、有絕頂武功之人，他們對其生命到底是做何種樣之寄望呢？

武藝小說既含練功本質，人世事之追求當如武功之追求，乃是高上再高，甫滿又不滿也。縱觀金庸筆下武藝人物，他們的心並不很大，所求者並不很高。有了財寶固然快樂，財寶以後之快樂卻又不求了。有了權位固然滿足，權位以後之滿足，勢必還要別物來填，那物又是什麼？愛一情人，與他終成夫妻，雖然心中極為歡喜，然那亦是二十來歲便已成就之事，往後數十年還有得好追求、有得好尋覓的，卻便如此停了心息了念嗎？

比較起來，倒似乎蕭遠山是勝利者，他以出家擊敗自己原先的報仇之念而成其勝利。其餘茫茫矇矇追這求那之人反是失敗者了。何以言之？乃蕭遠山之出家，已然登至極峯，越至天界，再無有更上之路矣。而好財、好色、好權之眾人，財之後，又有財；權之後，更有權，永遠爬不得最高，永遠迷失走不停。永遠無法勝利，乃因永遠有打不完的敵人，而這些敵人怎麼也打不敗。

出家人自是人間特殊情形。我人若無意出家，又無意做上述其他人之人生作為，於金庸武藝社會中可有一立足之處乎？

必得武藝社會豐富多樣，人人各有所適——而這「人人」自應包括如觀者一般心念之人——，則武藝人生之追尋路途，方得有了起點，而觀者於此人生之閱讀，亦得遙遙寄其托付之意。

似楊過與馬春花這兩種不願「掄劍使拳」、「動刀子拚命」的人生想法，豈不是又要回到尋常社會裡來了麼？而「出家」之念更是尋常社會中在所多有之事。如此說來，武藝社會猶不得為彼等安身立命，而一如武藝社會只是一處讓他們試試性格之所，不合便又退回尋常家門麼？

武藝社會真是如此讓人待不下去嗎？

我意武藝小說之出，恍然文學大塊中之桃花源也，其中林壑田塘，於世界各式文學中別一天地，自成其格，直與外間相隔，然亦不待外求也。今日見此桃花源，實由現實市鎮中搬運日常米糧以維生矣。

欲不假外求，必也成就自家完全格局。自家完全格局自需往武藝社會上建立。

金庸的武藝小說，乃自許多不安定處——或套一術語說，自許多衝突——開啟序幕。以「不安定」做為小說的發端，自然使得；然而不安定的人物（如不涉世故的少年誤踏入武林險地）與不安定的事件（如眾武人為一佳寶揚起軒然大波）交錯進行之際，委實也該此起彼落的令人見著原本安定之武藝社會素貌。否則一書讀畢，書中各事終得放平，然這平態又是什麼呢？讀者仍然難以知曉。

便好像有一個家庭，有三個美麗的女兒，平時過著相親相愛、和樂融融的生活。有一天自遠地來了一個素未謀面的表哥。由於英俊的表哥之出現，三姊妹勾心鬥角、你爭我奪。最後假期結束，表哥背了行囊走了，三個姊妹惆悵了一陣，再回復到原先平定無波的日子。

這樣一個故事，講的雖是一陣突來風暴，終也在前端已描繪出，或在中段透露出「原本相親互愛的平定生活」此種常態，否則會令讀者認為「她們三姊妹是生來便喜歡互搶男朋友」的性侵略狂。

武藝社會的情形亦同此理。倘若武藝社會平日的普遍生活樣態不能點點滲出以令觀者領會，則觀者會認為書中這一干人永遠都在做現下這類偶發事。

大多的武藝小說皆有這件不足。金庸書中武藝社會雖較豐圓，卻仍不盡周全。此或與每日連載短短千言，倉卒成筆有關。當然，有人或謂：本就是要表現這種「永不安定」。此說乍聽，似乎不錯。卻如同只講戰役而不講戰前戰後之和平常態、不講因果經過，便成了戰役記錄了。武藝小說，尤其是金庸的武藝小說，常是洋洋大書，其中不乏繁詳筆墨；若只敘「戰役」，又何須苦苦經營武藝社會中種種情由？

武藝社會是否結架完備，實可測作書人之文字理念世界是否稱全。作者之文字理念世界若得盡全，讀者便可於觀書之際不自禁的於其中覓一安身立命之所；或以某一人物自擬，或以某一地位自適，或以某一遠方遙遙自寄。而文字理念世界若殘破，則我人即欲規勸書中某一角色，卻欲言又止，終至索性絕了這個念頭。

武藝小說之受一部分人視為「不真實」或旁門左道，其中一個原因當在於武藝社會之建設未盡完全。而近代武藝小說中最努力於武藝社會之建構者，金庸自不作第二人想。

七、武人的修文情形

由金庸書裡顯示，武人在他所受業習武的門派裡，未必有讀書認知的措施。華山派的令狐冲讀書不多。郭靖攜楊過至全真教，在趙志敬門下並沒唸什麼書。可見武藝社會之人，其修練行為，除武功外，其餘未必定有。但看各家主子之喜好。自然，有些門派有文化的興趣，亦可琴棋書畫、五行八卦的樣樣皆來。桃花島的黃蓉在黃藥師膝下武功固佳，武功之外的雜學，也兼習頗多。大理國段家，除了武學名聞遐邇，拜佛及讀書亦是大大要緊事。於武學不感興趣的段譽，書是讀得頗好的。

金庸在筆意間，似乎有意透露：作為一個武藝社會的人，若能兼習文事，則常有不期的優益。先說人的現身，修文者較可能是風姿玉立、吐屬親人。遇事時也較能以所習來多加參考，往往急智渡險。至於武人看文人，由於非我爭鬥族類，比較不致「分外眼紅」。「文雅氣」竟也能成為一副迷彩裝具了。另外，文學常拿來和「聰敏」相攜行，一如粗話總與武功低劣的江湖莽夫同聲氣。也因此在某一境界裡，通文墨的人常能習得不凡武功；一來他看得懂文言秘笈。二來他有時過目不忘，能在短時間內或形格勢禁的倉卒中把功夫背下來。三來由於他有文學底子，繼而學武，常在靈感突湧時，將古書經籍——如莊子——溶在拳腳裡。當然這一切猶在前面所說的「某一境界裡」，尚未臻得巔峯。以金庸書中所示，因「會文」、因「聰敏」而習來的武功總不是最高的。甚而因苦練而致的武功亦未必最高。最高的武功境界，常因「純樸」、「渾噩」及「偶遇」方可達臻。陳家洛既聰敏又能文，在回疆玉峯悟得的武功，多半不及沒讀過書的狗雜種（石中堅）在俠客島所妙得者。汲汲營營、鍥而不捨的鳩摩智，文才武略佛法在在稱絕，也未必打得過渾沌無心的虛竹。

金庸小說裡，練功的成效收穫，往往可粗分為「有心栽花」與「無心插柳」兩種；而金庸於「無心偶得」這一點特別珍視。須知武人大抵是有心人，極盡催促自己之能，並且一逕身體力行，少有停歇。然而這種「功利主義」卻也有不堪之日，終反而是無心方能獲致。

八、武藝社會的社交情形

金庸筆下武林人士，除少數隱者如風清揚外，大多皆是社會的動物，他們生活在武藝社會裡。金庸的武藝社會人口眾多，延伸廣大，其中社交活動亦頗頻仍。

社交活動賴於成員的社會意識。換言之，武人若沒有社交的興趣及需要，自不會參加許多羣豪咸集的聚會。在金庸書裡，所幸這些人早已養成社交的習慣，方使得許多次羣豪的聚會總是座無虛席，即使住得遠，也都能如時趕到。這一切乃因他們樂於參加。

武林人士之聚會，大夥兒所以不願錯過、爭相奔赴者，一來可增廣見聞，二來或真能得些實質好處也未可知。先說增廣見聞。武人對於消息之獲取，除了平日在茶肆酒樓、街旁巷口能零碎的聽到一些外，其餘便是可遇而不可求了。故凡遇有武林羣豪之聚會，自然該去見識見識。

> 要知能聽到這樣一位武學名家講述拳理精義，實是一生之中可遇而不可求的良機。(《飛狐外傳》頁一三三)
>
> 胡斐對一干武林人物都不相識，全仗旁聽鄰桌的老者對人解說。(頁六一四)

至於獲得實質好處，除指受到佳美酒饌招待，獲主人贈送禮物金銀外，尚包括得知武林機密

（秘笈、寶刀、財富等之所在），在聚會現場奪得某派掌門人之位，打聽到自己親人或仇人的下落等等皆是。

這些武林聚會是些什麼？諸如《射鵰英雄傳》中的華山論劍，《笑傲江湖》中劉正風金盆洗手、嵩山上推舉五大劍派總掌門人，《倚天屠龍記》中張三丰百歲壽辰，《天龍八部》中聚賢莊的英雄宴、西夏國公主招親之宴，《俠客行》中俠客島上的臘八粥宴會，《飛狐外傳》中天下武林掌門人大會，《神鵰俠侶》中襄陽的英雄宴，《鹿鼎記》中槐樹坪「殺龜大會」等是。

通常比較重大的武林聚會，皆關乎武藝社會之世運，也關乎眾武人的命運，故而每位成員必然極為在意聚會的結果。結果若不利於己，自需在會中竭力反對；若於己有利，自必一意促成，便是獨排眾議，亦在所不辭。乃因武藝社會極涉凶險，任何措施與決定，皆有危及某一部分人的性命之可能；不若尋常社會事態的效果比較緩慢。尋常社會的里民大會、選舉之日等，民眾參不參加，似乎關係不大。武藝社會便因凡事有險，那些武功不高之人方得結眾寄幫，以求保命也未可知；而集羣爭相奔赴武林聚會者，也為了有好處可以大夥合力奪取，有壞處眾兄弟一齊抗禦。

武藝社會由於疆域遼闊，要舉行一次盛大的集會並不容易，而每次集會相隔時間又往往很長，致使一次新的集會便常常是近年來許多武林事件的一致焦點，大夥兒堆積在心中多時的意願，總想在那天發作出來。例如張三丰百歲誕辰，羣豪於「謝遜下落」一事，自必問個清楚。

可見武林聚會最能看出武藝社會中人的集體心態，亦因此，許多武藝小說的衝突要點是令其在這類重大聚會中發生，或甚而乾脆由武林聚會來開揭序場。這類武藝作家或許認為，以武人三三兩兩之邂逅來展開與武有關事宜或發生武藝行為，力量不夠巨大，參與者也不夠多，事件之影響波延自也不夠廣，如此讀者之注意便也就不夠深入了。這想法的確不錯，是有這種可能。可是要注意兩點，一來若能令個體武藝人物性格鮮明，以及發生在他身上的事件（不管是愛情、權力、秘寶或俠義）有引人之處，自然不必有前述之憂。二來「武林聚會」之設構不是一件簡易之事，弄個不好，武藝社會的整個規模會被讀者視作兒戲，而不願一哂了。

金庸小說中，武人的集體社交不算太多，武林聚會亦不是最重頭戲，乃因他一來長於人物性格之刻劃，二來情節亦能引人入勝；最重要的，是他建設他的武藝社會殷殷仔細。

第肆章　金庸思想上的幾個特色

一、兩儀觀

小龍女自呱呱墜地，即見棄於煙火人間，絕於俗，屏於世。楊過從小父母雙亡，一人如落葉滾地，四處飄浪，至俗世中最最不堪之絕境。前者幽閉之至絕，後者涉世之至絕。偶成絕配，便有天荒地老之不易情。

此兩人者，才貌世間少有，際遇天下難求；其情既天荒地老，其境何如天殘地缺？是故小龍女遭尹志平破了貞操在先，楊過必有讓郭芙斬斷右臂於後。二人海內絕配，二人處境自必有其對偶。成對成雙，對仗何其工整。

天殘地缺，何謂也？活死人墓對於楊過所處之外在恩仇世界，不啻天上地面。小龍女所居乃「山靜似太古，日長如小年」之無喜無恨天上，楊過則反所是，奔勞地面，時時有大苦大樂。以楊過深負罪孽之地面人，誤闖入邈邈天宮，平靜秩序，為之一亂，這便是「天殘」之始。尹志平壞事玷貞一節，則「天殘」最高潮也。從此一對璧人墜入苦境，一步一災。繼而斷臂以成相對。原本兩情相悅，今又同病相憐。天殘總算遇上地缺，寂寂多日，冥冥中終亦相逢。歲月漫漫，十六年後，罪債卸盡，情業得報，有情人歷盡千辛萬苦至此方成眷屬。

「笑傲江湖」之曲是合二人之力作成的琴簫合奏曲；此二人也，前者名中有一「正」字，後者名中有一「曲」字，絕世佳構，竟亦含有一正一邪，正邪難分。令狐冲巧遇任盈盈於洛陽深巷綠竹翁家，蒙任盈盈授琴，終至與她合奏「笑傲江湖」。而令狐冲與任盈盈，原所謂一是名門弟子，一是魔教妖女；又是一正一邪。然正邪亦可齊於一心，合於一體；言之以生，令狐冲與任盈盈兩人並存於世，締結連理。言之以死，劉正風與曲洋攜手同赴黃泉。

《書劍恩仇錄》中，陳正德死前，猶放心不下老妻關明梅，要她去追隨袁士霄。話中雖有些微醋意，卻也是真心愛她、替她設想。關明梅卻是老太婆硬脾氣，為表其志，竟橫劍自刎，終得與他同死一處。

《連城訣》中，丁典決意與淩霜華同葬一穴，臨死前將此身託付狄雲。狄雲懷著丁典的骨灰，歷盡人世慘劫，終才將之葬在愛人身畔。

《倚天屠龍記》中：

> 只見小洞中探出一個小小蛇頭，蛇身血紅，頭頂卻有個金色肉冠。……跟著洞中又爬出一蛇……形相一般，但頭頂肉冠則作銀色。
>
> 只見兩條怪蛇伸出蛇舌，互舐肩背，十分親熱，相偎相倚。（頁五四六）
>
> 這對血蛇互相依戀，單放雄蛇或是雌蛇，決不遠去，同時十分馴善，但若雙蛇同時放出，那不但難以捕捉回歸竹筒，說不定還會暴起傷人。（頁五四九）

《連城訣》中，水笙和表哥汪嘯風原是一對，所謂「鈴劍雙俠」便是。他二人各有一匹駿馬，一白一黃，與他二人所穿白衫黃衫一般顏色，「端的是人俊馬壯」。

水笙初見狄雲，便因狄雲身穿血刀門衣衫，又兼光頭，致形勢立分，水笙是正，狄雲是邪，才有水笙驅馬踏斷狄雲右腿之舉。狄雲原已遭遇極慘，今又更加殘缺矣。

未幾，血刀老祖進入，汪嘯風與水笙被迫分散，黃馬與白馬也相繼死亡。「落花流水」四人原所謂正派之士，卻也心術不正，互有勾鬥，而狄雲受形勢之逼，殺了水岱，使水笙亦蒙殘缺。又因汪嘯風誤認水笙已遭淫污，原本鈴劍成雙之風光已不堪復存。最後，狄雲與水笙兩個歷經慘劫的殘缺之人，終得結合。

《倚天屠龍記》中，蘇習之無意間見到崑崙派鐵琴先生使劍，而遭崑崙弟子詹春追殺。蘇習之先中了詹春的餵毒喪門釘，繼將喪門釘拔出再釘在詹春肩頭，圖個同歸於盡。兩人均知命不久長，竟也互傷互諒，後經張無忌出手醫救，要兩人互相吮吸對方肩背傷口中的毒血，自此兩人情意漸生。原本兩人相仇相鬥、雙傷雙瀕死地，終又互體互救，至於兩情同悅、兩人重生。

《神鵰俠侶》中：

公孫止……垂死尚要掙扎，揮出長袍想拉住裘千尺的坐椅，以便翻身而上，豈知一拉之下，兩人一起摔落。想不到兩人生時切齒為讎，到頭來卻同刻而死，同穴而葬。這一跌百餘丈，一對生死冤家化成一團肉泥，你身中有我，我身中有你，再也分拆不開。（頁一三〇四至一三〇五）

《笑傲江湖》中：

任我行盛怒之下，這一腿踢出時使足了勁力，東方不敗和楊蓮亭兩顆腦袋一撞，盡皆頭骨破碎，腦漿迸裂。（頁一二八四）

金庸於這「兩情相悅，兩人同死」之描寫，在他的小說中可說是極其顯著的特色。這種筆意，且名之為「兩儀觀」。人物事體之成雙成對、同存同亡，端的是層出不窮，比比皆是。除了前面所舉眾例之外，如張翠山與殷素素、玄慈與葉二娘、丁典與凌霜華、游坦之與阿紫，等等亦是。「同存同亡」的兩儀觀既有如此要緊，則在李莫愁這種「兩儀不得」之人身上，便造成至大至極的傷心事，也因此她會做出驚心動魄、慘怖無倫的行為。她說已將陸展元和何沅君的屍首「都燒成灰啦。一個的骨灰散在華山之巔，一個的骨灰倒入了東海，叫他二人永生永世不得聚首。」「怨毒之深，當真是刻骨銘心。」（《神鵰俠侶》頁一二九九）李莫愁以自已得不到「兩儀」為恨事，便以破壞別人的「兩儀」做為洩恨。

除開愛情上的雙羨之外，尚有少年與老人的忘年結交，以及少年之受高人青眼知遇。

《飛狐外傳》中：

程靈素道：「我師父若是聽到你這幾句話，他一定會喜歡你得緊，要說你是他的少年知己呢。咳，只可惜他老人家已不在了。」（頁三六六）

程靈素說道：「可惜你沒見到我師父，否則你們一老一少，一定挺說得來。」（頁三六九）

胡斐雖沒能見到毒手藥王，卻見到了紅花會的三當家「千臂如來」趙半山，並且以兄弟相稱，將年齡差距渾不放在心上，兩人攜手同行。楊過和黃藥師亦曾攜手並走。

黃藥師問了幾句郭襄的武功，轉過頭去，要招呼楊過近前說話，一回頭，只見他身影微幌，已走出校場口外，說道：「楊過小友，我也走啦！」長袖擺動，一瞬眼間已追到了楊過身邊，一老一少，攜手沒入黑暗之中。……

黃蓉叫道：「爹爹，過兒，且相聚幾日再去！」遠遠聽得黃藥師笑道：「咱兩個都是野性兒，最怕拘束，你便讓咱們自由自在的去罷。」（《神鵰》頁一五一四）

郭靖和洪七公也是極其投緣，和周伯通也是如此。令狐冲和向問天又何嘗不是？向問天對他的豪情俠心很佩服，定要和他以兄弟相稱，最後還將他推薦給任我行。

任我行點頭道：「那也好！我是老怪，你是小怪。不行驚世駭俗之事，何以成驚天動地之人？」（《笑傲》頁一一七六）

何以兩人要同時而死、屍體並臥？何以佳良藝業要有知音相應？又何以優秀人才須得德高藝厚的長者來致嘉許伴和之意？

這種兩儀觀便是隱隱有公平之意，使不致孤鳴也。在自然界，兩儀的現象原本即有，如人體上有些器官之對稱便是。兩儀的現象固有，單一的情形也同樣有，金庸援引兩儀以為意念，加以發揚，便不自禁的成為他的一種思想特色。這種特色乃是作者不忍見一佳物終至孤單的一份奈何感；作者設置了「一」，又恐「一」不能成其為是，便再加上另「一」，兩者相和成「二」，便得了一番平衡穩定。猶之建築上的「對稱」一般。這是心中暗存的格律。發作在成品上，便是為求持平。

有了一，再有另一，則成多數之義，所謂汝德不孤是也，自此，可放諸社會，予人參考了。又譬之著書是一，人讀了則是另一，相加之，遂竟其業。

金庸筆下的少年英俠，因際遇非凡，得成佳業，常與修為深厚的高人極其投緣；倒好似藝業一高，便再也無法和同儕朋輩意氣相投，必得與功夫相近者互照形跡，方不致孤身自閃那寂寂異光。說來也怪，何以小怪非得有老怪來伴來襯？又何以書中的年輕主人翁總是遭際非凡得習蓋世神功？而這蓋世神功總是傳諸前輩先賢？難道這些年輕人必須受前人之惠方得武功過人？他們竟不能自己創一門絕活、立一派門戶、成一代宗師嗎？

而那些武學自成一家者，如王重陽、黃藥師、風清揚、林朝英、張三丰等，俱是少著筆墨，不加敘寫。他們練功種種、青年遭逢，從未成為一書主要。倒是書中少年小子，即令性格孤高，遭遇卻熱鬧非凡，一忽兒誤入谷穴得習絕技，一忽兒體內又撞入高人真氣，當真是左右逢事，前接後踵。或還排之拒之不可得。

金庸如此安置，或可視作其人生觀中老境與青春、安與不安的一份理會。人物的情形，便是我們下一章要詳究的了。

二、人物情形

甲、沒有朋友或特殊的交友方式

《俠客行》中的狗雜種自小僻居荒山，只和媽媽及一條狗生活在一起。「沒人陪我捉迷藏、玩泥沙。」

《笑傲江湖》中的林平之只和鏢師、趟子手帶著蒼鷹黃狗去打獵，並沒有和朋友、鄰居一道共享圍獵之樂。後來父母死了，鏢局也瓦解了，他入了華山門牆，卻也不見他與福州城裡的舊友聯絡。

楊過自小一人到處流浪，父母固然早亡，卻也不見他在市井中與一些小潑皮撒野胡混，只是孤單單一人住在窯洞裡。

胡斐小時候跟著平四，後來在商家堡得回自家刀譜的前兩頁，似乎就只是練武，沒有交朋友了。

陳家洛自海寧遠赴回疆拜天池怪俠袁士霄學藝十年，後來悄悄返家探視，探過了家園與僕人，卻沒去看看街坊鄰居或昔時同窗。

慕容復只有包不同、風波惡等一干伴當，似乎沒有朋友。他心中只存興復大燕之念，便是女朋友也沒心去交了。

公孫綠萼住在絕情谷裡，程英讓孤高的黃藥師收為徒弟，皆是不易有朋友。殷素素有沒有閨房知己？王語嫣、任盈盈、李莫愁都沒有女朋友麼？駱冰和周綺就只跟著丈夫闖江湖動刀槍，便不和紅粉朋友們講針說繡麼？

令狐冲尚幸有師弟師妹們作伴，然六猴兒陸大有死了，師妹岳靈珊和林平之要好之後，他似乎便孤零零起來。游坦之家破親亡後，和楊過一樣，只是一人流浪，也沒有去找些遠親鄰友。但楊過尚有他郭伯伯去找他、設法養護他，游坦之的遠親或鄰友竟沒能找他幫他。

狄雲在湘西農家時，只和師父戚長發、師妹戚芳相依，此外就只是一條黃牛，也沒有農友樵伴。他的這條黃牛叫做大黃，和狗雜種的那隻狗阿黃，以及楊過的神鵰、張無忌在冰火島中的猿猴（舊版）、鍾靈的閃電貂、黃蓉的雙鵰，皆是一般作用，給沒有朋友的人作伴的。

覺遠死後，張君寶自回不得少林，卻也沒有走向市鎮、賃屋於街坊之中、做工於廠舍之間、託身於人羣之際，只是孤身寄停山林，獨個創出一門宗派。

桃谷六仙只有兄弟，沒有朋友。他們對話極多，聒噪不堪。然而這些引號中的東西，卻是講給自家兄弟的，不是講給朋友的。

張翠山也只有師兄弟來相依為命，同門之外，便沒有朋友。身在武學門內，便理不得門外事了。郭襄太過懷念楊過、小龍女，竟會隻身一人酒入愁腸迢迢遠路，驅青驢登少室山打聽楊、龍下落。她似乎只有楊過這位「心中朋友」，一如不少武人只有「武功」這位朋友。虛竹、儀琳等出家人更是不便交朋友了。和尚道士終日價潛心清修，所交者，只能是神，不應是人。

金庸筆下人物遭際頻頻，常會遇上許多別人，照說應算是有交朋友的行為才是，但我人很難會有「楊過在交朋友了」、「令狐冲和田伯光交成朋友」這種感覺。他們與人來往，在感覺上，是物理上的來往，而不是心理上的交往。

「朋友」往往是人內心的反映。交什麼樣的朋友，常是將自己的心意作什麼樣的呈露。所謂赤者近朱，黑者近墨。故金庸人物在他們生命中一逕認同與追尋之事，可以從他們的交友中揣知。

這些人物在生命中所努力認同者，於郭靖言，是忠君愛國、孝親尊師，這是首要之務。我人可以猜想，假如他沒有黃蓉作妻子，他依然是如此；而有了黃蓉每晚睡在身旁，他也不會因愛妻而改變他原先的人生最大最要之追求。於令狐冲言，是尊敬師長，做個師門中期許的正人君子。在這個念頭下，大約連愛護小師妹也隱隱符合「尊師」之原本要求。有沒有任盈盈，大約也不致改變他的初衷。到了後段，雖然令狐冲是往任盈盈那廂多靠一點，卻一來似乎是形勢所向漸往彼處，二來則是敘寫者本身之讓步；令狐冲很難令人有「覺悟」的感覺。

這些人皆有一份命定先決的人生認想，致使面臨新事極為固著。當然，從書中看來，他們饒是志趣早決，卻常不免俗累終牽，於是兩種態勢展開拉鋸之爭。郭靖是原先的念頭勝利之人，所以有些讀者很羨慕他的運道。令狐冲則是後來的念頭終於好不容易壓過了原先的人生方針，讀者看來真是替他捏一把汗。看畢時會想：總算成了，唉！

金庸筆下人物，他們不會因心中寂寞而交朋友。他們不會有很多話想找一個人或一羣人來吐露一番（如儀琳對耳聾老婆婆吐露心聲，除她之外，再無別人），只會宣吐在武功上，或發作在長嘯上，要不便是寄情於樂律或圍棋。當然這大抵指男主角而言，至於女主角則是有的，並且勇於去做，也因此往往交到珍貴的男友。黃蓉交上郭靖便是很能訴出她內心之反映，亦能表現她性格中的一面。殷素素在西湖邊交上張翠山，繼而請他上舟，講論書法，直蕩出錢塘江，其中種種，皆能看出一個人想要交友之真誠需要。

殷素素去交張翠山，可以看出殷素素很重要的一面性格；而郭靖交上拖雷並不影響他原先的性格，他交不交拖雷皆是同樣性格。

然而女主角交朋友的情形，常有隱約往「結婚」之路而去之勢。這種交友，成了「除君之外，再無別人」的情況，又有一點不像朋友的原初意義了。有一個人，倒還真是交朋友的，便是郭襄這女娃兒。但郭襄最想交的朋友，卻因那人早打定隱匿主意，使她不易長相見面。

男主角通常不交朋友，萬一交上了，往往三言兩語便離開了「朋友」之地，而登上「兄弟」之境，他們撮土為香，結拜起來。因此書中稱兄道弟的場面極多，這也或許是中國古昔的倫理意念之所習。郭襄稱楊過為「大哥哥」，胡斐稱程靈素為「二妹」；即使男女結為夫婦，亦常以兄妹相稱，如寧中則呼岳不羣為「師哥」，黃蓉叫郭靖「靖哥哥」。

由許多形勢看來，金庸的人物稱得上「沒有朋友」。也於是張無忌絕居於冰火島，狗雜種僻居於荒山，黃蓉幽居於桃花島，小龍女閉居於活死人墓，自然無從交得朋友；而金庸特別擇取這些非常之人、這些注定孤絕之人以為他的角色，又予人何種意想呢？

書中人物沒有朋友、沒有鄰居，固然關係到武藝社會本身的結構；武藝社會中人以練武為身前要務，或許比較孤絕。然而武藝社會亦是金庸所創設，換言之，並非武藝人物沒有朋友，而是金庸挑選（cast）沒有朋友的武藝人物做為他的角色，同時設置（set）孤絕的武藝社會做為他的書中天地。

如此，我人對金庸的想法會有怎樣的感受與遐思呢？人生竟是孤獨的麼？「朋友」二字竟是無謂之事麼？抑或練功方是要事、方是自家事，而交友則是不可如何之事、是外務麼？

人進入固定工作的狀態後，是否就漸漸理會不到朋友了？任我行當了朝陽神教教主後，只和向問天等同事屬僚來往，要不便和教外的武林人物通些公務上的聲氣，此外並不與外界之人交上朋友。戚長發心中只有武功、只有財寶，不但沒有朋友，連師父弟子女兒及師兄也無意去有了。

雖然如此，「寂寞」卻絕不是金庸書中透出的意向，如同「嗜血」、「好鬥」不致為我人認為是金庸小說的特色一樣。讀者很難會對金庸的書有「寂寞」的感想，只會說這些主角是特別的情形。乃因這些角色沒有寂寞的「預備動作」，他們是在外在形勢上，已造就了往「孤絕」而去之路，自身並不具「寂寞性」。

若要究寂寞，則需找敘寂寞的筆墨。

乙、少有隱私

金庸的主要角色，皆時時現於人眾。他們多與人接，少有隱私。我人讀其書，所見大多是這些主角在人羣中的表現，他們私下自處時怎麼做人，甚難得見。端看金庸書中人與人之間的對話極多，而描述他們怎樣運動其身體、怎樣流轉其意識、怎樣化形成姿態、怎樣對應於景物，這類筆墨卻是極少。

即以《笑傲江湖》中的劉正風為例，他不惜妻死子亡、家業無存、聲名狼藉，甚而自身性命難保，也要全那與魔教曲洋的知音友誼。此人可說有特立孤絕的想法了；然於《笑》書中，他的出現僅僅是開端引線之用，他的思想與作為，背景與表露，金庸只將之放入情節中映照出來，而不至細細刻畫。劉正風客串出場自也罷了，主角令狐冲、岳不羣等人，卻也同樣是在情節中發出一、兩般性格的具體細節便止。

一個人的吃飯、理髮、小動作、小習慣、小品味、稍縱即逝的臨時念頭等事，在情節為主的金庸書裡，不容易也由不得成為他注意的目標。在情節的驅動下，金庸所注意者，是羣眾，是團體，是組織，是社會，而不是個人。若有敘及個人，則是人羣圍繞中的個人；即使此個人處身於密閉石室之中，亦如同處於四壁有眼、隔牆有耳的石室。

像周伯通這樣一個人，幾十年來都是一個人在山野間孤獨過日子，但我人無論如何也不會感覺他是一個隱私的人，反倒覺得他像是一個在社會中天天與羣眾見面之人。

愈是有大作為、有大企圖的人，愈寶愛珍視並使用自己的隱私。有時為了大計，不惜孤獨寂寞、不求外援。通常金庸書中的武學長者、歸隱高人皆能做到這節，如林遠圖、風清揚、黃藥師、莫大先生、任我行、蕭遠山、戚長發等皆是。而金庸筆下的年輕主人翁，於隱私的保有，在情節的激烈衝進下，說不得只好不顧了。

丙、忙縈於事

忙縈於事，是金庸主角於外在行動上之真實大致。世上各事之牽扯他們，總是接二連三。若非遇事連連，似乎他們的性格便沒有置放之處。而他們於事情之困厄、棘手、危險，皆不論重輕多寡，必定去辦。總要辦它個了結，或才有暫時之假期。當然，敘假期之筆墨，又少見矣。

郭靖、楊過、蕭峯、狄雲、張無忌、令狐冲、韋小寶、狗雜種，幾乎沒有一個不忙的。金庸人物，雖生長各自相異之鄉，受業不同師派，卻於遼闊大地中原本分隔的偏遠四處，為了相同的希望，不時相會於相同定點，如那俗語所說的「有緣千里來相會」絲毫不差。從此為了這件大同事業，即即離離，離離即即，聚聚散散，散散聚聚，便如此忙個不休。一忽兒你驚我懼，一忽兒我愛你恨；驚完懼罷，愛了恨畢，方得暫作休息。這便是這羣武林人物緊湊熱鬧之人生所以。

他們過日子概有如此。他們中任何一人約莫皆想：「大夥兒都忙，我如何能不忙呢？」若非如此，何以原先無辜的闖入者，既知所逢之事是那麼與己無干，又那麼麻煩重重危險至極，仍然捲身入內，直往前去？

可見愛繁忙、好熱鬧是金庸人物的原始天性。而不規避、不轉圜、不控御自己的應對進退，成就了這種天性下的外在必然運作。

然而他們勇往直前，究竟為何事而忙呢？為了財寶？決計不是。為了武功權力？也不盡然。為了地位名望？當然不是。為了女人及愛情？這有一點接近了，段譽如此，楊過如此，令狐冲有一部分也是如此。除開這些目的，是否還有別的？例如說為了逃命而奔忙？狄雲完全合於這點，其他不少主角也或多或少為這件事忙過。另外，是否還有為了證明自己的心意而忙？郭靖為了愛國愛民是不避忙碌的，蕭峯對光大丐幫以及保國衛民同樣的不遺餘力。但除此之外，是否還有別的「自己心意」可供他們去奔走忙碌的呢？他們在生命中最想忙碌的目標是什麼？

存念以慈的讀者娓娓看來，心中委實不忍；既不能如老天上帝那麼法力無邊，為他們解脫困境，又不能如聖徒賢士代他們受難承苦，更不能如良友至親助他們用心用力令其離凶趨吉。悲哉夫，有心的看官對他們無可奈何。百思無計，一籌不展，有心人或只有愈看愈覺與書中人悠悠遠隔，終也只能繼續抱著自己的寂寞嘆罷而已，否則亦無可如何了。

或謂：當局常迷，旁觀可清，書中人自不能如我等高瞰者這般明晰。此說乍聽有理，然我人思慮較之岳不羣竟更周全遠及乎？令狐冲所迷者比之我人生命中愛戀之事乃更癡乎？真真未必。我等旁觀之人其實正糊塗盲目混日度時，偶一取書寓目，心中猶隱隱盼望書中所敘可引領我人至一更佳明境。似岳不羣之遠謀深算、堅守目標、有計畫、有步驟，毫無一迷可言，我人何以企及？

是外在形勢令他們奔忙，抑是他們自己定規要如此去忙？他們若要不忙，是否可以？或他們是否可以換個方向去忙？

在金庸書中，老實說，外在形勢與人物內部性格可說描寫得相當合理與一致；某甲做甲事，某乙做乙事，我人讀來，皆感可能。也於是外在形勢令他們所忙者，乃正是他們性格中想去忙之事。須知什麼樣性格的人，總是遇什麼樣的景況。而什麼樣的景況，總是有什麼樣的人去面臨。譬似走夜路之人往往有遇鬼可能，而遇鬼之人往往在夜裡行路。兩者常相眷戀，一逕伴隨。命相學亦最可說明此點。

因此，讀者自書中形勢及人物性格來測度我人遭遇時所可能採取之舉動，便立可認知我人與書中人之差異約在何處。且看是我人的運氣比書中人為佳，抑是書中人之能耐較之我人為高。

年輕的主人翁總要忙上好一陣子，到了很後頭才開始通往佳境的一條門徑。年高有成之人，已經固定其生活方式，凡事俱得自主，甚少受外間變化。他們的現身形式，通常是歸隱。金庸小說中明顯的分出二大生活方式，便是忙於世與隱於世。極忙者通常是少年主人翁，極隱者通常是老年武學宗師。這兩類人為數很少，其餘較多之人，便是這兩者之間的多數「羣豪」。注目金庸書，便需注格外大的目力於此類武林羣豪身上。乃因他們才是故事，他們變化才多，他們才把世界托大了。他們是誰？

段譽和蕭峯皆是忙於世的年輕主人公。慕容復雖年輕，卻有自主的工作方向，不至身不由己的奔忙於事，他介於極忙者與極隱者之間，所以是羣豪。岳不羣還未歸隱，年紀不老，武功不至登峯，也算是羣豪。讀金庸書，能不注意慕容復、岳不羣麼？能不注意尹志平、李莫愁、林平之麼？其重要未必比主角為低。主角有時是一根引線，牽出眾人眾事。而眾人眾事也因主角的牽引下，做出相應的舉動；否則主角的作為便無由觀照。

這些「羣豪」，除了人外，還有山、川、店、廟、船、車這些景，還有刀、劍、琴、棋、訣、譜這些物。丐幫弟子固然有趣，他們背上所負布袋也不能不描寫。「掌力雄厚」固然讓人津津稱羨，但若不削下一塊桌角，雙手搓成粉屑，這掌力真還少了個去處，不免有孤鳴之感。

金庸武藝社會中，不但事態極多、人口極眾，使得兩相交織，形成繁忙情況外，尚有極多的物件，也加入這個陣容。物件自是由人所發明及使用，從人與物的合作關係來看，也往往能了解一些人的情形。

丁、賴於裝具，役於財物

金庸的武藝人物除了在身上練就武功、在手上選用稱手兵刃外，還發明了一些裝具，以利其功，以補原先不足。這種種算得上武藝社會的「科技文明」。

除開「內功心法口訣」、「劍譜」、「刀譜」這類助長本身功力的物事外，且看看還有什麼裝具利器：

便於奔行方面——郭靖有汗血寶馬，張翠山有青驄馬，駱冰有一匹「奮鬣揚蹄」的白馬，「鈴劍雙俠」汪嘯風與水笙各有一匹黃馬、一匹白馬，凡此等等。武藝社會行路是一大問題，有了好的坐騎，不但去要緊地方辦事可以便利，逃命時也往往靠這牲畜了。

便於護體方面——狄雲有烏蠶衣，便因它，戚長發才沒能一刀殺了他。桃花島上有一寶——軟蝟甲——先讓黃蓉穿，再傳之郭芙，再傳之郭襄，大夥兒輪流穿，到處刀槍不入。到了《鹿鼎記》中，這軟蝟甲搖身一變而成「護身寶衣」，由韋小寶偶得自鰲拜家中。這些甲衣穿在身上，前胸後背皆如罩了一層盔鐵，有了它們，武人連金鐘罩、鐵布衫都不用練了，不但省了許多吃苦的時間，並且練鐵布衫還有壞處，對敵時尚需運功，而穿寶衣非但對身體沒有不適，睡覺時也能防敵。武藝社會中保命是極大的課題，有了寶衣，已幾乎立於不敗之地了。

便於隱身方面——若沒有寶衣護體，則常需依賴隱身來避難。若有良馬來助於逃難，自是甚好；否則還有一招，易容術也。最原始粗略的易容術，是拿點黑泥炭灰將臉抹黑，令人不辨。再不就是戴頂帽子，換件衣服。比較高超的易容術，可將女的裝扮成男的（如阿朱扮成喬峯、殷素素扮成張翠山等），尼姑裝扮成俗家姑娘（如袁紫衣）。比較窘迫困厄的易容術，則如狄雲將頭髮、鬍鬚拔光，成了一個和尚。

易容術是社會生活下的產物。沒有旁人，便不致有易容術。人在不得已時，常不願示人以真面目、曉人以真姓名。甚至因經歷一樁大變化之後，嘗思全然改頭換面、終生更名易姓也是有的。這已涉及宗教意義，欲令自己為造物者之舉也。至於人在社會中有所不便，卻又不易拂逆這些社會成俗，於此之際，惟有令自己稍作變更。又人之攬鏡自照，亦一小社會也；有人不願在鏡中見得自己本真面目，故而化裝後再作映示，這便可看成別人矣。同時亦可令那鏡中人看不得自己也。

楊過在與小龍女相隔的十六年之中，不願與世人相見，遂戴上人皮面具，以求省卻許多面世之煩惱與糾葛。狗雜種由於面孔酷似石破天及石中玉，一直被人誤認及追殺；他起初不曉世務、不涉武林，自然沒有辦法。及遇上史婆婆及阿綉這兩位武林行家，依照慣例，史婆婆既知他有這件臉孔不便見人之困難，應當授以易容意見，使狗雜種頻遭危機的真面目得以改觀才是。然而沒有。《俠客行》一書，竟放棄此寶而不用。

便於殺人方面——武藝社會中許多人的工作便是打鬥與殺人。工欲善其事，必先利其器，《倚天屠龍記》中有倚天劍、屠龍刀，楊過有玄鐵劍，韋小寶有一把削鐵如泥的匕首。除了這些鋒銳的兵刃以外，尚有一種殺人利器——毒。毒在金庸書裡，可說份量極重，蔚為奇觀。最簡單尋常的毒，有蒙汗藥、迷魂香一類只能令人暫時昏迷不醒之物，江湖武人幾乎個個會使。比較棘手高巧的毒，如絕情谷中情花之毒，《倚天屠龍記》中王難姑所用之毒，《天龍八部》中星宿派之毒，《飛狐外傳》中毒手藥王師徒所用之毒，凡此等等，多不勝舉。這些毒使在人的身上，其所受苦楚較之刀劍加身，不知要多上幾許倍；武人不怕受那金創之苦，甚至不怕死於刀劍之下，卻萬萬不願受那蟲噬蟻囓的凌遲之痛。中毒後，所謂求生不得、求死不能，頭皮也搔裂了，身體也抓爛了，見了親人張口就咬，如瘋狗一般；到這時節，還不如死了算了。故而殺人，用兵刃、武功便即可以，若要制人，則用毒最是利便。中毒之人為求解藥，沒有事不願去辦。而持毒之人，則是擁有最鋒銳不過的裝具了。

武藝人物雖終日奔波古代草莽山林，卻未必較之現代人顯得生活上更不方便。今日讀者常不自禁的對古代武藝人物生敬佩之心，覺得「他們在那麼早先的不方便古時，便已能如此如此」；其實他們的裝具設備何嘗不方便了？又何嘗是我人所能有的？

武藝小說中的主人翁，常是努力練功，甘於苦厄，以天地為逆旅；這應是困中求成，愈是空乏其身，愈是精神抖擻，但盼處絕境求新生才是。然而未必，試看他們的設備何其多又何其稱手。動輒使上易容術，欲不以本來面目示人，便不以本來面目示人。欲行遠路，立即登上良馬寶駒，幾十里路，轉眼可抵。要使身體多一層防護，軟蝟甲或護身寶衣則不得不穿上。至若寶劍常伴英雄，秘笈直盼俠客來取，在在顯出他們在配備裡完成其人格。其配備愈豐，我人愈感其本人材具之不足。故我人常欽羨書中主人翁，倒有不少是欽羨在他的財產上。自然我人也是窺不開榮華之空、看不透富貴之虛、解不明方便之不便，乃在我等不過是尋常世間人。而書中偉大英雄亦是凡人也。凡人看凡人，正是有趣。

《俠客行》中狗雜種身懷大悲老人所贈一盒木偶，有數年之久。而吳道通好不容易獲得一玄鐵令，原本保於身邊，卻遇金刀寨一干強人來索，只得倉卒中藏於燒餅內；仍不免燒餅為狗雜種所吃、自己為人所殺之厄。《鹿鼎記》中的韋小寶，身上不時放著一部或數部《四十二章經》，走遍天下，甚而泛舟巨洋，也是帶著它跑。而他的護身寶衣，即使在睡覺中大約也不敢脫除。《飛狐外傳》中的閻基，得了胡家拳經刀譜的前兩頁，似乎始終帶在身上，經過多年，終於在商家堡為平四索回。《倚天屠龍記》首段，有一老者明知自己瀕死，卻仍抱著屠龍刀不放，連俞岱巖這樣救過他性命的俠客也不願信任。

役於物之苦，竟至於斯。而《連城訣》中的狄雲，懷中一直藏著丁典的骨灰，經過了冰天雪地，出生入死，這可算是為物所役的極致了。

奔忙於事，役累於物，在書中人固然勞頓，在讀者看來，卻不失有個忙頭。須知讀者大多是上班工作之人，上班人對自己工作未必喜愛，下班後又未盡有好玩歡趣事；看見書中人忙碌冒險，與讀者生活的空洞平凡、俗庸枯寂何啻天淵之別？不少讀者或還寧可自己更忙碌些。我一朋友常以「犯賤」取笑自己之忙役。

法國女影星珍妮．摩露（Jeanne Moreau）多年前在《生活》雜誌上說過一句有意思的話：「對我而言，『成為自由身』意味著：自由的選擇去做誰的奴隸。我一直要使自己成為奴隸，而我一直希望永遠如此。」因此狄雲、韋小寶、狗雜種等若懷裡不放些東西，空著也是空著，何不令其派成用場？就算懷裡不放骨灰、四十二章經、木偶，也會讓別的物事占住；所以放這放那，還不都是一樣？

戊、為人願死

．馬春花道：「嗯，商少爺，我想求你一件事。」商寶震道：「你何必求？你要我做什麼，就是要我當場死了，把我的心掏出來給你看，那也成啊。」（《飛狐外傳》頁八二）

．過了良久，（段譽）禁不住大聲說道：「神仙姊姊，你若能活過來跟我說一句話，我便為你死一千遍，一萬遍，也如身登極樂，歡喜無限。」（《天龍八部》頁六八）

．丁璫道：「……在我心中，寧可我自己死了，也不能讓你受到半點委屈。」石破天……別說要他假裝啞巴，就是要自己為她而死，那也是勇往直前，絕無異言。（《俠客行》頁四八六）

．郭芙……種種往事……在心頭一閃而過：「……只要他稍為順著我一點，我便為他死了，也所甘願。」（《神鵰俠侶》頁一六二〇）

．她（公孫綠萼）自見楊過，便不由自主的對他一往情深……此刻聽了這番話，更知相思成空……今日萬念俱灰，決意不想活了。（《神鵰俠侶》頁一二五九至一二六〇）

．當下余魚同道：「求求你殺了我吧，我死在你手裡，死也甘心。」（《書劍恩仇錄》頁一〇一）

．甘寶寶又道：「難道這一輩子我當真永遠不再見你一面？……我……我還是死了的好……淳哥，淳哥……你想我不想？」（《天龍八部》頁三七九）

．這時朱九真便叫他（張無忌）跳入火坑之中，他也會毫不猶豫的縱身跳下。（《倚天屠龍記》頁五七二）

金庸武藝社會中不乏至情至性之人，而這「至情至性」便往往從「死」裡表現出來。金庸筆下人物甘願為人而死者，真是多不勝數。他們動不動就要說死、動不動就要「把心掏出來」，何也？必也以死表其心志，必也以死報知遇恩。

表白心志及報知遇恩，想必方法極多；應當竭盡己力，用盡各種方法，猶不可得之後，方才以死相試才是。然這些人物動不動即言死，實是太辜負父母養育、師長教授、兄友勸助之大恩，還說什麼「報知遇恩」呢？就算對自己也太說不過去了。

莫非古時乾坤莽莽，人如草芥；人不寶愛自身乃是固理？抑或即使不死在知音面前，仍會死在旁人刀劍之下？仍會死於老衰病痛？

抑或他們只是隨口說說，他們生就誇張的嘴吧？不，不可如此想。我人寧可信其有，可別當他們是打誑語；免得弄假成真，便大大不妙矣。

他們這樣縱意言死、肆無忌憚地講「把心掏出來」，難道說他們隱隱知道造物者有好生之德，不會輕易將他們錄上鬼簿？

這或又是一種賣乖使小兒性子的習慣使然。便如現世生活中有些孩子說：「騙你的話，腦袋割下來給你。」乃因他一來沒有欺騙，二來他知道即使與事實不符，上帝也不會令他頓時失了腦袋。他吃定了上帝。一如金庸人物有時吃定了金庸一般；他們料定金庸仁心仁術，不會動不動驟下殺手。像李莫愁、金輪法王、鳩摩智、慕容復、歐陽鋒這類令讀者在書行途中早認其死有餘辜之人，金庸尚且不令其速死，何況自己只是罪不大、惡不極的無關宏旨之人？

「死有重於泰山，死有輕於鴻毛」這兩句話大約武人盡皆會背，或許他們就把「為自己所愛之人而死」這件事當作像泰山一般重，把「死於老病」當作如鴻毛那樣輕，或也未可知。但除開泰山和鴻毛這兩極以外，可還有其他供他們考慮的餘地否？

在武藝社會中，各人少時自據一地習武練功，少與外界接觸，自私心、自我主義是極可能發展出來的。練武有一種崇高的心境，一日強過一日，愈來愈上高樓，終不免自視極尊，睥睨羣倫；但練功行為必定諸多禁忌約束，使人異常枯寂。武功練強了，若沒個使處，卻也是孤鳴難耐，故而一遇到知音良伴，便思捨身相報。前面所提的「少有隱私」，其實便因金庸描寫的焦點乃是主要放在主人翁進入人羣之後，若金庸的敘述重心稍向前溯一點，或許「少有隱私」及「忙紮於事」的印象便會不同。

但「為人願死」這份情緒，實已能在「少有隱私」的情況下，透出一絲隱私的端倪。死，是一件極其隱私、甚至典型隱私的行為。它完全是個人下的產物。或許我人可以試著這樣想：武人在武藝社會中，過著如同一種較為通俗化了的宗教生活；先前有不少早年的潛修過程，而後又有許多「奉獻」的機會。其中的一種「奉獻」，便是「死」了；死在某一個他認為值得的時刻上，或死在某一個他認為值得的人面前。

前面說到許多武人是至情至性的，這「至情至性」，實可解釋為一種「專注」，所謂矢志以赴，或「死心塌地」便是。這麼一來，由生想到死，常是一貫大道，直端端的通達。當然，「專注」所以得能保持，沒被分扯出去，又與「沒有朋友」的社交概況遙相呼應。念及「沒有朋友」一節，突想到不知是否和中國古代的交友方式有相當關係？朋友多了，交往頻繁了，或許為一個人而死的機會也就少了，或也說不定。

己、為情所苦

金庸筆下人物尚有一個極大的性格特色，便是「為情所苦」。為刀劍殺傷的苦、為金錢拮据的苦、為武功不如人的苦，甚至為禮教所拘限的苦，盡皆比不上為愛情所受的苦。他們所苦者，究竟是愛情中哪些事呢？讓我們且來看看：

陳家洛原對霍青桐暗生情意，待見喬扮男裝的李沅芷向霍青桐表示親暱，心中極不是味兒，甚至對霍青桐此舉十分不諒解，心內隱隱責怪於她。陳家洛所苦者，乃霍青桐有另一男友也。

陳正德所苦者，乃擔心老妻關明梅對袁士霄還未忘情。袁士霄所苦者，乃關明梅沒嫁給自己，而嫁給陳正德。袁士霄終生未娶。

余魚同所苦者，乃駱冰已是四哥文泰來的妻子。

于萬亭（紅花會前任總舵主）所苦者，乃徐潮生（陳家洛之母）嫁與陳世倌（陳家洛之父），致終生不娶。又因擔憂雍正遣刺客殺陳、徐滅口，「乃化裝為傭，在陳府操作賤役，劈柴挑水，共達五年。」

丁不四所苦者，乃史小翠嫁給白自在。

狄雲所苦者，乃戚芳嫁給萬圭。丁典所苦者，在於不得與淩霜華相守相見。

令狐冲所苦者，乃自小青梅竹馬一同長大的岳靈珊竟與後來的林平之要好。儀琳所苦者，乃自己早已身入空門，無論如何也不能和令狐大哥好了。

葉二娘所苦者，乃玄慈是少林寺得道高僧，無法與自己長相廝守。

胡斐所苦者，乃袁紫衣一者是出家之人，二者是鳳天南的女兒。程靈素饒是心胸謙和，卻不能排遣對胡斐的深情，她的苦處，乃胡斐只一心放在袁紫衣身上。

胡逸之所苦者，乃擔心不能與陳圓圓長相見面。並不求與她結成夫妻，亦不奢望陳圓圓愛上他。「當年陳姑娘在平西王府中之時，我在王府裡做園丁，給她種花拔草。她去了三聖庵，我便跟著去做伙伕。我別無他求，只盼早上晚間偷偷見到她一眼，便已心滿意足。」

段譽所苦者，乃王語嫣一意記掛的只是表哥慕容復。王語嫣所苦者，乃慕容復心中只想興復大燕江山，並不將她放在心上。

公孫綠萼、程英、陸無雙所苦者，乃楊過只愛小龍女一人。

武敦儒、武修文所苦者，乃郭芙一女不能嫁二夫。

刀白鳳、阮星竹、秦紅棉、甘寶寶、王夫人所苦者，乃段正淳和自己以外的女人要好，而非只愛自己一個，亦不能與自己常相伴守。

神龍教主洪安通所苦者，乃年輕貌美的夫人蘇荃竟不心向權大勢霸的自己，而向著小無賴韋小寶。

韋小寶所苦者，乃阿珂中意鄭克塽。

游坦之所苦者，乃阿紫始終對他不理不睬，不願讓他伴隨身邊。阿紫所苦者，乃姊夫蕭峯只心繫死去的阿朱，不要她相陪，把她當小孩子。因此阿紫將這份情化作恨意，做出不少暴殄天物的凶殘之事。

李莫愁所苦者，乃陸展元不與她長相廝守，卻與何沅君結成夫妻，她因愛生恨，遂做出極盡殘暴凶戾之諸般惡行。

幾乎所有的金庸筆下主人翁，皆會為情所苦。愛情是他們生命中的大事。武功雖然是他們生命中花下許多光陰、歷盡許多辛苦的事情，但若是要一旦廢棄他們武功而令他們擁有意中人，大約有極大多數人願意如此。看官須得注意，他們可不是在青春之年突然動情時將愛情看得比什麼都重要，而是他們之中的許多人根本一輩子皆是如此。因此我人斷不可說武功是一生之事，而愛情之轟轟烈烈乃是一時氣盛衝動之舉。

若只是衝動，便無足論矣。既是一輩子的誠意，便好似愛情不自禁的成為他們人生中一種如同宗教的東西，令他們信奉不貳。

金庸的武藝小說極言練功之事，武學上的練功固須高上求高、吃盡各種苦頭，以求抵達某一尚稱穩定之境界；而愛情上的練功，更是動心忍性、悲慘辛酸，幾至人世之中再也沒有的痛苦境界，否則動輒言死之人何以恁多也。許多人便因愛情這一關不能戰勝通過，如同藝業低微，挫敗於愛情手下，而致痛苦一世，甚至為愛而死。

為情所苦，苦之至極，該當如何呢？不用說，自是謀求解決之方，以消釋自己的苦楚。欲求消解苦楚，則必尋出病根。自上述金庸人物之所苦於情者，可知他們大抵苦於意中人心繫別人或已與別人結婚，那麼這時該當如何？有幾條路或可走得：一、殺了意中人的情人，而後令意中人與自己廝守。二、結交新的愛侶，將先前一段情緣斬卻。三、若無法忘卻舊情，也不願再結新歡，可以終生不結婚。四、若終生不結婚，仍然心中常有激盪，寢食間皆有伊人笑影，始終不得安寧時，又有三法：甲、出家，乙、自殺，丙、請武功高超之人如謝遜者大吼一聲，令自己成為失心瘋一類沒有記憶之人。

第一條路乃害人以利己，英雄好漢當不願為，只有像李莫愁、阿紫可能去做。

第二條路有不少人已經走了，像武敦儒、武修文兄弟各娶了完顏萍、耶律燕，和郭芙的一段情也告結束，這時便不苦了。

第三條路也有不少人走，像袁士霄、于萬亭等皆是。這時他們的苦，老實說，是按捺得住的。

第四條路比較慘怖，完全是反求諸己，屬於「自刑」的一種方法，像公孫綠萼為救楊過而死，以及程靈素為救胡斐而死，差可相近。

走了上述幾條路之後，是否就沒有痛苦了麼？其實還有。譬似有一種人，又不願害人以利己，又不願出家自殺，自己或也和別人結婚生子，然而無論怎樣也忘不了舊日情人；他雖不做偏頗怪戾的舉動，卻一逕心中有思戀之苦。這種人有沒有？絕對有。那麼有沒有解決之方呢？這解決之方即使有，也只有向上帝索討，人世間是沒有的。這便是命中如此，人力不能奈何也。余魚同或許就是這樣，阮星竹、甘寶寶又何嘗不是？令狐冲實在很讓人懷疑他也是如此。

庚、小結——兼談一二人物

金庸筆下人物既有為人願死、為情所苦、為事所忙、賴於裝具、役於財物，甚至拘於禮法、制於旁人等諸般特色，可見他們與我輩讀者一般皆有不少麻煩與難堪。我等與彼等皆應相作勉勵、互期登高才是。

書中年輕主人翁，在完整的意義上言，對自身的努力是不夠的。表面上，他們也能刻苦，也能動心忍性、空腹勞骨，卻讓讀者不時展書之際，感到讀者本人心中之苦，這些主角決計不堪體會。而我人一直用盡心力進行之事，絕非書中主角所能達成。我尋常手力未必可以縛雞，書中人武功超絕，似乎無事做不到；然我人困厄生命之結，實不敢依仗彼等來解。他們空有一身武功，這高強武功反成了我人詬病的對象。倒並非我人要將登陸月球、發明飛彈之事相試書中英雄之能耐，一如無需以武功來驗證我人之才具；而是單就人生中古往今來恆存之事態來互相考較，則我人實不敢言書中英雄可為我輩之模範。而書中人所作所為，我人亦不敢援引而用也。

舉例而言，若說郭靖在其人生路上，十分努力；不錯，此說亦然。但又不然；郭靖從不焦慮，郭靖甚少掙扎。郭靖固為國為民奔勞不已，極具擔當，卻沒盡到另一些人生中倏興倏止的責任。我人生活裡恆感焦頭爛額之事，郭靖當無此類問題。郭靖的問題只是人類生命裡無數問題中的寥寥幾個。而描寫郭靖，並不需要令他真去面臨許多不同的問題，只要他做幾個動作，便也能令我人感受他可以處理哪些問題，以及他可能有哪些更寬廣的想法。但郭靖很少做動作。郭靖之出生，似乎為了在書中解決一些情節的需要，而不是在他自己的一輩子裡完成他的自我。如今書裡呈現這樣一個情形：情節需要郭靖，郭靖也需要情節，而兩者都不需要自己。

然則郭靖之出生，我人亦有責任也。我等讀者是看著郭靖長大的，他的行為我等似乎都該負責，我們只盼望他長大長好，做的都是好事，遇的都是淑人。倒像郭靖是我們的小孩一樣。這便是金庸筆力之功，他讓讀者也參與創作；郭靖之與大夥讀者同聲共氣，豈不就是金庸和眾讀者一同創造出來的？

郭靖既如同我們的小孩，我們堂堂成人心中的難事，自會自謀解決之道，而不會向孩子吐露、要孩子稚弱體軀去承擔了。

我人在創造、撫養郭靖中，不自禁的成熟了，愈來愈洞燭世理；而郭靖卻永遠停留在孩提時期。這是一大憾事。難道讀者與書中人不能共悟禪機、同修正果麼？既在書行途中，大夥兒也曾同嘗憂苦，如今書畢便不能一塊兒同登仙境麼？奈何如此不公平也。但這也是沒有辦法之事，所謂命也，造化也。郭靖與我人各有各的命，不可勉強，亦難說孰順孰舛。

且再看看令狐冲。

令狐冲何許人也？實是令讀者揑一把汗之人。他怎麼也不肯把「華山派」和「師父岳不羣」這些念頭丟掉；便好似背一包袱，內中盡裝尖釘利針，愈背就愈傷自己性命，然他明知如此卻還一逕留禍在身，任血直淌，不即拋卻。這便是令狐冲，所謂狂放不羈、笑傲江湖的令狐冲。

他明知岳不羣待他不義，卻不願待岳不羣不忠，這也便罷了，自是好事一件。可是逐而漸之，岳不羣一次較一次更加惡毒，已完全顯出卑鄙小人行徑，而令狐冲仍然姑息養奸，順其為患，這便看出令狐冲心中的正義之念十分不明晰，只是一介鄉愿。他於一些世俗人情、虛假名份看得忒重，足見他不能飄然不羣。而他之嗜酒，與莽人又有何異？常是逃避現實。

令狐冲承認一些外在的規限，同時不經過自己的獨立思考、真知灼見，便照單全收，可見他沒資格特立獨行，無非是庸庸碌碌的隨波逐流者罷了。由通俗觀點看去，令狐冲對師父可謂寬厚，然「寬厚」之為物，亦得兩面翻看；「寬厚」在吾國多年社交應對中，其實也可是最尖利的毒刺。那些將虛泛「寬厚」置於臉顏、施於手腳之人，戕害父執子姪朋友師徒何啻千萬。令狐冲便有寬厚，使其無真理公義，卻又濟得甚事？

洛陽城郊「竹塢聽琴」，加上得悉劉正風、曲洋乃一場政治爭戰下之犧牲品，此二事並不能曉令狐冲以超然物外高義，可見這華山高徒只是隨世而浮沉；世風日下，他或也跟著降下，所幸他在書中沒有鑄成大過，但已讓人揑了一把汗了。

在嵩山併派之會上，令狐冲一意盼岳不羣將他重收門牆，卻不想想自己此時已身膺恆山掌門重任，他一走，多少恆山弟子將遭危難。竟是做一個華山派弟子那麼重要麼？朝廷中有所謂忠諫之臣，若廷上昏庸，即死諫亦在所不惜；而死諫不可得，便有那飄然歸返田園，甚而走渡海外，成為一個「去國者」（expatriate）。令狐冲對門派看得特重，若生於今日，任大學聯考如何錯誤、大學教育如何沒有讀頭，大約他還是說什麼也要去考，便是作弊也要鑽進大學窄門。

猶記前次在懸空寺天橋上，冲虛道長曉他：「你倘若不跟左冷禪搶，當然是他做掌門。那時五派歸一，左掌門手操生殺之權，第一個自然來對付你。」冲虛之言，儼然一課政治教育，倒令人想起另一句瑞士作家Max Frisch的話：「不問政治的人，在政治上已作了根本讓步：幫助執政黨。」

冲虛告誡令狐冲有關岳不羣偽善之事，猶在耳邊，而令狐冲此時又有意思和岳不羣重修舊昔師徒之誼，竟將前日良言拋在嵩山絕頂的九霄雲外，怎能不叫人捏一把冷汗呢？

令狐冲屬於「從善如流」的人。他不是善，他是從善。既是從善，倘若對「善」體悟不夠透切，便可能從偽善而不自知。這樣的人很危險，若非有大智慧、大修為，一個不小心，便從了大惡，自己那當口或還未必知道。古人謂：真正大英雄人，從戰戰兢兢臨深履薄處做將出來，若是氣血粗豪，卻一點使不著也。

令狐冲的政治意識，是先入為主的政治意識。他既在早年已信奉華山派這一黨之政，便永矢弗諼，不作他想。即使日後有更好的新主義、新政權，他也視如不見，從一而終。

他的「先入為主」觀念，不止表現在政治立場上，在道德上、愛情上各方面都是如此。他對師妹岳靈珊一往情深，對義兄向問天始終認為是邪教中人，對田伯光的淫心永難釋懷，至終沒有多加交往。這些「先入為主」之念，一來顯出他的勢利，二來使他的世界窄短，只知其一不知其二三。

於是他不比較優劣，一逕固守原先；原先倘若惡劣，他便因循惡劣，縱使粉身碎骨，在所不惜，反正自來莽人「水裡水裡去，火裡火裡去」也去慣了。令狐冲看人見事，只用一個固法。老實說，他喝各種美酒只用一個杯子也就夠了。

金庸筆下令狐冲這個人雖然令人捏一把汗、讓人覺著不痛快，卻也實在把真實人羣中許多這類的個體描了出來，不失有嘲刺之功。但看社會上多少欲有作為、想有發展之人，始終心繫空泛的進取偉念，固執歸固執，短視歸短視，倒也讓身旁多少人期待著他、眷戀著他；即使是庸才胡夫一個，竟也得興起大風、鼓起巨浪，弄得真像有那麼一回事似的。別人看來，渾像笑話，卻又哭笑不得，他自己還以為轟轟烈烈呢。

令狐冲是典型的「拘於禮法、制於旁人」的人。禮法是人心的外在廳堂，旁人是人心的外在鏡鑑。我人創設這廳堂鏡鑑，本圖居停體軀、映照形容；然這廳堂鏡鑑是死東西，有時因年久會朽敗頹塌，而人心是活東西；若為了貪圖懶散安逸，定規要住在其中，則大禍立時臨頭。當禮法這宏宅不堪為人再守之時，即忍痛離開也就是了，雖然暫時無由遮風蔽雨，些許風霜又算得了什麼？正可樂得逍遙自由。

練功本質貫串的武藝小說，與其讓讀者較書中人為精明，不如令書中人之能耐高過讀者；與其讓讀者在高處看著書中人被情節苦苦拖著跑，不如令書中人如幽靈一般帶著讀者奔往莫名之處而步步嘆為觀止。《笑傲江湖》中，令狐冲實在是個無可奈何之人；讀者在閱書時，真真不願做個聰明人，只盼是個村姑，讓神通廣大的俊俏公子帶著跑，天涯海角，任何險地也皆去得。然看著令狐冲這個可憐蟲，讀者不自禁的做起聰明人來，這聰明人在前段做做也便罷了，到了書終仍然推脫不掉，真是做得何其不自在、何其靦腆。

武藝小說中的主角做出並不使盡渾身解數的諸般行為，讀者受薰悟提昇之多少，當可想知。而練功小說之用，亦可稱惜。

現在讓我們來看看另一個人，這個人是讓讀者怎麼也做不成聰明人的，他也無意讓讀者成為可憐蟲，但讀者不自禁的會自慚形穢而成了可憐蟲。這個人的年紀比令狐冲小，武功也比令狐冲低，甚或連聰慧也未必比令狐冲高，但他所做的各項工作是十分了不起的，或許這一切和他使出渾身解數有很大的關係。他不靠情節巧湊、他不靠因緣逢撞，他靠的只是自己。

他名字叫——韋小寶。

先從韋小寶的教育觀說起。陳近南對韋小寶千教萬導，可謂盡矣。韋小寶此來彼往，水沖土掩，峯迴路轉，全不著實。饒你如何苦心教育，我還是自圓其說，依然固是。

韋小寶道：「是。我丟自己的臉不打緊，師父的臉可丟不起。」陳近南搖頭道：「你自己丟臉，那也不成啊。」韋小寶應道：「是，是。那麼我丟小桂子的臉好了。小桂子是韃子太監，咱們丟小桂子的臉，就是丟韃子的臉，那就是反清復明。」

陳近南長嘆一聲，實不知如何教導才是。（《鹿鼎記》頁三二八）

於此可見韋小寶是個徹頭徹尾的反教育之人。倒不是你教他，他不學；而是你教自教，我韋小寶學自學。「教育」一念不必放在他心上，他覺著有用早自用了，若沒立時派上用場，管他什麼教育、育教。唱得再好聽，一斤值多少錢呢？能拿它當賭本使嗎？

其實，他何嘗沒有教育自己？

韋小寶……尋思：「……對，要使乖騙人，不但事先要想得周到，事後一有機會，再得補補漏洞。」（頁四九〇至四九一）

他是隨時學，隨地學。只不過不死背、不呆坐書案罷了。他是因材施教，因自己的材而教自己。

康熙知道他不曾讀書識字，便「以意寫圖，使人自悟」，韋小寶卻也毫不含糊，一辨即知，卻從此又多了一件與人溝通之法。

韋小寶生長於揚州文化熟透之地，人世所有食衣住行之事，莫不了然。這樣一個揚州小爺自是極有主見、極有自我的，教育在他眼裡，根本不成東西。他只信自己，外在事物只是為其所用；堪用則用，不堪用倒不必為它去改轉自己。

他雖反對受教，卻也能教化那深受教育之人。

韋小寶心想這老和尚拘泥不化，做事定要順著次序，……老和尚內力深厚，似不在洪教主之下，可是洪教主任意創制新招，隨機應變，何等瀟洒如意，這老和尚卻是呆木頭一個，非得點撥他一條明路不可。

韋小寶道：「……對付沒門沒道的武功，便得用沒門沒道的法子。」澄觀滿臉迷惘，喃喃道：「這個，師姪可就不懂了。」韋小寶笑道：「你不懂，我來教你。」（頁九二四）

當真是一言驚醒了夢中人，澄觀吁了口長氣，道：「原來如此，原來如此！師姪一直想不到此節。」（頁九二五）

一時之間，頭腦混亂不堪，只覺數十年勤修苦習的武學，突然全都變了樣子，一切奉為天經地義、金科玉律的規則，霎時間盡數破壞無遺。（頁九四四）

這「不拘成式，不守定規」的整個變貌，便是《鹿鼎記》中金庸對社會人生的新觀照、新描寫。「凡事無有定論」正是《鹿鼎記》的新感嘆。

楊過亦曾叛逆，然他的叛逆仍有其依循。周伯通不拘形節，遊戲人間，卻不直指人生、直踏平地，乃在他思想渙散飄浮，武功高來高去。令狐冲粗看瀟灑落拓，其實思想陳襲，有其固有道德堅持。韋小寶後來廁身眾英雄前賢之間，當真再也難以出招，然他全然不理會這些道理，想到怎麼就怎麼，硬的不成試軟的，直的不通來橫的。他無所用心，卻又心隨機生。韋小寶「活著什麼也不理，死後什麼也不怕」，他是海中浮木，何須錨泊？

《鹿鼎記》一書，敘述一種無辜的道德意識在政治分別中所呈出的各式形狀。韋小寶是一超然體、一張試紙，將這張試紙，一忽兒放入這個杯中，又一忽兒放入那個杯中，可見出各樣不同的變化。而這試紙本身沒有其絕對性，絕不能只看這張試紙便決定是非。韋小寶的道德，不是全書的依據重點。他的道德行為遇上外在環境之後所生的集合，才可作全書的概觀。譬似畫布上的一塊設色不能稱作這畫的意象一般。

《鹿鼎記》所採的寫法是新的；韋小寶難以承認一切既有見地，哪怕這些見地是郭靖、蕭峯、張無忌、楊過、狄雲、令狐冲、狗雜種、陳家洛等人所固守不移之事，韋小寶可能激賞，可能否定。他無有定論。故《鹿鼎記》說的是變，而金庸早先的幾部書大體所言的是常。《鹿鼎記》變之又變，終還是回到更篤定之常。《鹿》書之出，則金庸的娓娓武俠著作有了收束。換言之，《鹿鼎記》書成，將金庸所有小說合璧而觀，至此才顯完整。倘若這時將金庸十多部小說中取第三或第七部出來看，必感意思未盡（雖然情節發展完畢）。好像僅是旅程中一站，停停還得往下走，必得走到《鹿鼎記》，至少才是這趟旅程告一段落的停歇之處。讀者甫讀《射鵰英雄傳》，於郭靖事甚有興味，至《神鵰俠侶》，於郭靖已不再生關注之意。甫讀《笑傲江湖》，亦凡事皆就令狐冲之想而想，讀之至此，令狐冲種種也就跟著停止。兩者皆無由再在讀者心海生出波瀾，像是事情過往，再無干係。《鹿鼎記》讀完後，韋小寶在人印象中，仍然活靈活現。郭靖等人應辦未辦之事，韋小寶未必真去辦，卻也在空氣中或觀眾心中將之辦成了。

韋小寶初見傾國麗人陳圓圓，陳圓圓稱他為大才子。

聽她稱自己為「大才子」，這件事他倒頗有自知之明，急忙搖手，說道：「我西瓜大的字識不上一擔，你要稱我為才子，不如在這稱呼上再加『狗屁』兩字。這叫做狗屁才子韋小寶。」（頁一三〇〇）

韋小寶能自知，因而能知人，也因而能知事。

陳圓圓道：「此調不彈已久，荒疏莫別。」韋小寶道：「不用客氣。就算彈錯了，我也不知

道。」（頁一三〇一）

韋小寶不知什麼是「對」，自然不知「錯」之為物。

《鹿鼎記》是反概念的作品，如禪家所謂反對有心、反對有佛。本來人遇事後，逐漸見理；有了理，有了教訓，記在心上，以備日後援用，即成概念。這概念固可指導我人日後行事，亦便於裁決往後我人之新面臨，使不致手足無措，即如先備好工具一般。然正因概念，凡事有了成見，便不妙了。其實每一樣工事有每一樣利器來整治。以一劑來投百病，這萬靈丹不用也罷。大凡事態沒有新意，也就是變動之徵兆。一件婚姻生活如現出疲意，夫妻兩人可能計畫出一趟遠門旅行，作為調節。或是丈夫勸妻子赴外工作，免得終日枯坐家中，日久生弊。

人皆有懶性；人之受學問、求教育，皆也可說成是為了辦某些事之便利，而令筋骨輕閒些。至於人每日苦心勞力的上班，也常是為儲積多日的酬勞以圖日後之安逸舒泰。既有懶性，凡事便自然而然得出定例，成為一「固」。這「固」之為物，便是定見，每人經自己多年認知而得，不肯輕易放棄。你的「固」遇上我的「固」，常致不合，便成了各種對立與戰爭。夫妻之戰，老少之戰，種族之戰，國國之戰，各種心思之戰，皆是各守各的固，不願採信別人所固。

這也是沒辦法的事。自來如此。而寫作亦有各說自見。旁人自說其說、自見其見，通統不錯；而金庸寫部《鹿鼎記》一反既論，給大夥兒來個莫衷一是，不亦妙乎。

《鹿鼎記》以前的金庸小說，所敘山林事較多；既處山林不便之地，自然期待寶貝利器之心為大，故而人的武功也高上有高。《鹿鼎記》中的韋小寶則一改前貌，武功幾乎沒有，年歲學識也淺薄低微，全憑為人的一番自然應變，闖出不少事來（書中若不安上匕首及寶衣這兩件利器，應更妥全高上）。韋小寶是現實中的有限之人，他之所作，不過是有限中求取無限。而《鹿鼎記》之作，乃對於人的潛能張力作無限發揮也。韋小寶者，小寶小寶，此名良有以也，寶物既不得於外界，便只能求諸己身。將渾身解數施至淋漓，何嘗不是人生至寶？

韋小寶是一個貫徹家。他好事壞事都做到底。韋小寶之為物，正用以處置世上紛紜歧見。他以幻想復仇（He takes his revenge in fantasy.——沙特語）。以幻想復仇者，有其哲學上之上進意義，與那以貞操殺人如阿珂等人者，相去不可以道里計。維守貞操固是好事，然以貞操殺人者，則是取道德做武器，盡其收戮侵人之能事也。

韋小寶妙語如珠，異想天開——

韋小寶笑道：「大夥兒慢慢走罷，走得快是落湯雞，走得慢是落湯鴨，反正都差不多。」（頁六四六）

雖然這樣的人有阿Q況味，卻也實是一種幽默感；這幽默感倒不只是增加旁人茶餘飯後的興致情趣（與那桃谷六仙、包不同、星宿派弟子、周伯通等的插科打諢全然不同），乃有另一種積極建設意義。何以言之？韋小寶的幽默感毋寧是人生到處可遇之尷尬情境下的一帖潤滑劑。大人的世界何其硬定？何其險惡？又何其嚴重？端的是一步也不能錯。而韋小寶，天人也，舉重若輕，不堅以重為重；履險如夷，要走就大踏步而過。他之赴險，倒不似莽夫逞勇之赴險，他便凡事端賴這帖潤滑劑，把再大再難的事也化掉了。須知這「化」字訣，並非人人可練，才情不足者，畫虎不成反類犬。而許多事能在他小孩子手裡辦成，正是《鹿鼎記》一書所隱隱透出的又一主題——事在人為。卻不可儘說是巧遇時湊。

以韋小寶來刺世上呆板直鈍、到處碰壁，而猶自視有學識有教養之人，恰恰正好。這類人，事情做不出一件，日子又過不得一天好（這不好是自己埋怨出的），只知終日怪環境、怪別人；韋小寶固不是好東西，拿來治這班人正好。

讀者自書中雖得知韋小寶是一機詐浮滑、品德不端之人，卻每人自己無事靜靜想來，猶認為與其和令狐冲交成朋友，未若和韋小寶交成朋友來得合意、甚至來得安全。

讀者在讀令狐冲本事時，隱隱受迫於一襲莫名的不自由空氣；讀韋小寶種種時，卻感到一種左右逢源的隨意之樂。並不只因令狐冲拘於禮法而韋小寶不拘於禮法如此簡單而已；須知讀者亦是拘於禮法之人。乃在於韋小寶諸般使壞行為，讀者看在眼裡，其實有一種淨化力量，有一份洗滌作用。讀者不會因此而去使壞，讀者在高處將好壞看個一清二楚，此後要好要壞但看自己。讀者看《鹿鼎記》至此，乃更往人性的堂奧又走深了一步。故說看韋小寶諸般作為有更澄清洞明的功用。

什麼書會令讀書人去學壞？便是那些令讀者不能清澈的事態，例如把壞的當好的來頌揚、把邪教當正派來提倡，讀者讀了，以為那是大忠大義的好事，矢志去做，結果那才成了做壞事。在這個理會下，讀《鹿鼎記》而學壞的可能，未必較之讀《笑傲江湖》、《射鵰英雄傳》學壞的可能要來得大。

韋小寶的種種使壞行狀，便是《鹿鼎記》主人翁塑造之成功。且先以電影來譬喻。

觀眾從電影中得見大惡人之種種惡狀，心有餘悸之外，還恨之入骨。然而在奧斯卡影展頒獎台上得見這惡人的真實面貌時，倒是銀幕上望之恨然，實地裡即之也溫。看見他緩慢雅淨的談吐，眼睛中凝視著濛而亮的澄澄神光，令人說不出的溫厚，往日的恨之入骨，霎時間化為烏有。

這就是在乎藝作，以電影言，所謂「演得好」是。好人可以演壞人至極壞極惡之地步，較真實中的壞人還要壞。藝術的工作是也。

韋小寶之塑造，便是所謂「演得好」。他的那麼多壞處，便如同一個好人使出渾身解數揣摩出來、演出來的，讓讀者全心專注讀書時，認為他壞；讀完回想時，更驚嘆一個人的潛能之無限，驚嘆藝術之神妙。

職是之故，讀者讀郭靖、令狐冲這些好人不感盡致，讀金輪法王、岳不羣亦覺他們若要比壞何嘗比得過韋小寶，乃在於他們「演得不夠好」；因此郭靖、令狐冲、金輪法王、岳不羣等多人未完之業，韋小寶全數扛了，將之一一完成。他的工作，不是做好人，亦不是做壞人，是做藝術。是在有涯人生中，發其無涯人性之業。

三、喜寫小孩

金庸小說中的主人翁，常自小孩起便與讀者見面。亦即：讀者得以參與這些主人翁他們的成長過程。他們約莫從十一、二歲至十八、九歲這段成長時期，是金庸最好加以描寫的。這些小孩概有郭靖、楊過、張無忌、胡斐、狗雜種、韋小寶、郭襄、張君寶、周芷若、殷離等人。

何以金庸喜寫小孩？這必然涉乎金庸對小孩的興趣、瞭解及特有感想，也於是不自禁的成為金庸思路中的一項特色。

我人自然可說小孩時期是人一生中極其重要的一段過程，尤其是十歲至二十歲之間；這一段時期無論在思想上、體能上皆是最有可塑之時，譬似璞玉，純淨無定式，可任人雕琢而成理想所是。這是關鍵時刻，向好向惡，往往繫之於此。然金庸喜寫小孩的理由當不止此。

人生有涯，而世上各高深奇趣之事又何其無窮無盡。人生不過七八十年，欲廣學精習諸多佳事，自必早早開始。故我人所謂「啟蒙」便是要從早年下手。金庸的武藝小說備言練功之事，不論是武技上的練功或道德上的練功，盡皆可以往「小孩」上去追求，使之獲得更高的效果。這一切皆為了對應於武藝小說的練功本質。

練功要講成效；金庸對於「練功」所表示出來的思想體悟，可說相當一致；除了喜寫小孩之外，尚有「純樸渾噩」的天性、「甚少讀書」的人為修養等等。這些例子皆可攀得崇高的練功境界。

先說小孩與練功的關係。

西哲叔本華曾謂：當人七、八歲時，腦智已足，而性慾未生，此最可發揚之時。及至十七、八歲生殖器官成熟，性慾生焉，則心受身驅，往往心猿意馬，難保專注矣。

故而練功這種刻苦收心大業，必也自孩提開始。而我人常說的「童心」、「赤子之心」也皆是某些大功業常需仰賴之物。金庸書中除開小孩能練與高深武功外，許多有「童心」的大人也練成絕世神功，像周伯通便是。周伯通得享高壽，鶴髮之下，乃紅潤童顏，便因有赤子之心，武功登峯至極。如「桃谷六仙」，如同渾人一般，行事不知所云，武功卻也高得出奇，一瞬眼間便可將人手腳扯斷。又如韋小寶的師姪澄觀，武功練得極高，世事完全不通，年紀活到八十多歲，仍像三歲小娃兒一般童稚。

「潛心練功，世務不通」的成人，在金庸書中可說層出不窮。像上述「桃谷六仙」、周伯通、澄觀，皆是和女子有距離之人。周伯通怕見瑛姑，桃谷六仙似乎皆沒娶妻，每日價兄弟互相抬槓，其餘皆似不需要了。澄觀根本就是出家人。

於是雖沒自陳家洛幼年時寫起，卻有陳家洛幽探家園、觸景濕眼；及遇丫頭晴畫，讓她服侍梳頭之敘述。雖沒能見到蕭峯童時形狀，卻有讓蕭峯回返故居，得見喬三槐為他在小孩時做的木製玩具。

這些皆是對童稚純樸的無限憧憬，也正以之對立於成人權謀世界之虛嚴偽善。於是黃藥師得知郭襄喚作小東邪後不以為忤。而胡斐能當眾解開褲子，對著陳禹撒尿，於眾人無計可施之際救得呂小妹性命，這便是童心戰勝詐術之典型描寫。

至若狗雜種一逕不向謝煙客懇求、楊過在全真教將鹿清篤整得一場糊塗、韋小寶以香灰將鰲拜置於死地等等，皆是童心戰勝詐術也。

金庸之喜寫小孩，與描述「不通世務」、「不涉書籍」、「純樸渾噩的天性」，自皆可以一致的對應其練功本質，而竟其思想上一大特色；然除此之外，若有可得而稍言者，必懷舊鄉愁也。以「童年」做為昔時故園鄉井之一抹表徵，而寄其懷舊愁思，金庸書汩汩然透出此意也。

金庸之書，隱隱有緬懷故國、心存舊日風化之想；而人事過往、時地變遷，擁之撫之不及，便只得託於書言，將中國老早文化風物，寓寫於武藝。

金庸雖構造一個與我尋常百姓極其遙遠的出生入死之武藝社會，卻因不時於此特殊社會中流溢出與我人極其親近的家居筆墨，乃造成與其他武藝作家相當不同的風格，同時令極多的家居讀者十分感到親切溫和，所謂中國人讀自家中國書也，何等熟悉，何等同感。

我中華讀者讀金庸書而生相知心、團結意，可說比比皆是。這便是金庸小說的隱隱統合力，這便是金庸小說薰化國人讀者很好的教育例子。

國人讀者讀至國人特殊的「記號」時，必是眼神陡亮、興致陡高，而至特有領會；這一切皆不容易發生在外邦洋人的感受之中。

這些「記號」是什麼？且隨意就「家居」方面舉一二例。《天龍八部》中段譽被鳩摩智擒至姑蘇，得遇口說吳語的阿朱，蒙其款待「嚇煞人香」茶及玫瑰松子糖、茯苓軟糕、翡翠甜餅、藕粉火腿餃等四色點心，又聽得阿碧和崔百泉說無需叫阿朱為阿姊，免得她更加得意。似以上一段，就不少人看來，便是他們所熟悉的「記號」。再看《神鵰俠侶》中郭芙三姊弟在風陵渡口客店中聽人說神鵰俠事蹟，郭芙和郭襄起了口頭爭執，郭芙氣道：「早知你這般不聽話，你小時候給壞人擄了去，我才不著急要找你回來呢。」像這樣一句話，真是將多少家庭中的曾有情景呼了出來。

金庸筆下達及的記號，未必是自覺的；而讀者各人於自己有感受的記號又是各有領會，互不盡同；然於金庸書中所述中國事態之感覺鄰近熟悉，卻是大夥兒盡皆相同。

四、不安的潛意識

金庸小說裡，常有人無意間聽到別人在隱密處（如樹林裡、花園假山後、窗外牆邊等）說到一些關係重大之事。又有一些有意去探聽機密、不惜身闖險地之舉。或有人特意到一處私密所在行緊要大事，卻仍然被別人遇上或尋得；天下雖大，卻窄路相逢。還有便是某樣寶貴物事好不容易剛剛得手，卻立時被死對頭或不相干之人輕易奪去。

這些「好景不常、佳事難圓」及「冤家路窄、夜行遇鬼」之描寫，在在流露出金庸潛隱的不安全感。

武藝社會中鬥殺涉險的諸多事態，是明白的不安。而上述種種則是隱昧的不安。

且舉幾件事例來說說這隱昧的不安：《笑傲江湖》中，黃鍾公等四人看守著西湖孤山梅莊，彈琴下棋，原本平靜無波，卻讓向問天、令狐冲闖了進來，鬧得不可收拾；這算是一件例子。《神鵰俠侶》中，楊過帶小龍女回活死人墓療傷，至緊要關頭，郭芙等突闖而入，致小龍女毒入心脈，幾回天乏術；這又是一件例子。至若睡中易醒，方聚又離，易容見人，以及懷寶在身不敢將之藏於別處等等情節，更是不安潛意識之最好說明。

金庸潛意識中的不安全感，與他對於人物隱私之少著筆墨，堪稱遙相呼應。因不安而生出的提防心，自然會避免呈現隱私。

而少有隱私又為了多與人接；在人眾面前顯露隱私，本就有所不便不妥。而多與人接，這「人」又未必是朋友；常致碰面的人既未必是朋友，則「不安全」的現象自屬必然了。曉於此，金庸這些思想又是一貫了。

金庸潛意識中的不安全感，以及人物的少有隱私、奔忙人事、遇人連連、遇事遇險重重層層，再加上甫得一番固定便需立即奔行飄泊、難以留戀的故事進行，可說是構成其小說緊迫湊密今貌之重要動力。讀者在這動力推促之下，倉倉皇皇，茫茫蕩蕩，一開步便遠遠離了家門，直入了一片陌生不解之奇異大洋，到那時節，便是想要回頭望望來路，也已無跡可循，只是煙波渺溟而已。即使不說尋得來路，便要在海中偶事一木之停，亦不得也。讀者既忙於追逐接連發生之情節一至無暇回頭停身，自不能為自己之前程往事多作深慮細思也。

人一缺乏安定，便周遭再好，也不堪享受其中。故金庸世界裡，佳物珍寶雖夥，人卻無從歡趣。

然則人何以會缺乏安定？由金庸小說自身觀察來，似乎是慾望深重、追求太過急切之故。例如心中企得一寶，便窮覓不捨，心中一方面必得之而後快，一方面卻又耽怕別人取去、別人加害於他。自此每一覺都睡不好，每一回逢人皆極可能一言不合隨即開打，這一仗打起，不論是輸是贏，此後便有打不完的架、報不完的仇。這麼一來，「安定」二字怎能獲得呢？

「不得安定」的因由自其書中可知如此；而「不得安定」的解藥在書中又是如何講述呢？不少位金庸書裡的主人翁常被寫成是純樸渾噩之人，他們日後的成功，常是「無心插柳」的結果，用以對待一班江湖武人「有心栽花」的窮貪極欲。純樸的主角總是坦蕩蕩，武林俗人則是常戚戚。這種描寫，已然曉喻出「不安」的解決法門應往「不生貪念」上去求。

將「不生貪念」這份思想闡述得最深刻、最感人的，自然是《天龍八部》一書。而金庸許多思想體悟，皆借著書中佛道中人之口表示出來；這也是其特色之一。

金庸小說中人物龐雜、情節繁多，照說最能以這些人事活動呈現出作者自家的思想——即使是佛家思想、道家思想——，而不需謙遜的以自己創設的人物及事態來複述前人的心得才是；當然這種「傳統形式」的作品自不免攜帶傳統氣息，本無可厚非，卻也因而令讀者在閱書時，受襲了不少陳意。攀佛附道之書，我國自來多有，國人於道佛事素有理會，一宣即通，致使此類著述最常為人用來應客酬答，以成清雅。授受之間，兩方皆自詡天機在握，扶搖高上矣。

和尚道士並非不能寫，而是不宜將他們寫流了。武藝小說家若任意將和尚道士編派為其書中角色，令他們任意發出行為，則和尚道士也就不成其為和尚道士了。《神鵰俠侶》中瑛姑嘲刺一燈大師道：「怪不得天下和尚道士這般眾多。」便是此意。

武藝小說既是非常筆墨，則「新意」儘可多加著力。像中國傳統戲曲中「披袍秉笏」、「忠臣烈士」等題旨，在武藝作家的斟酌下，自應有不同的發作才是。

金庸的武藝小說如同一部眾武人的懺悔錄，將武藝社會裡人的身與意、人與武器（不只謂兵刃，亦包括秘笈、拳腳）之種種關係說得明白成理。同時有關人與他人（師與徒、男與女、親與朋）、人與外在世界（人與時間、人與空間、人與德業）這一整套武藝社會中的倫理，亦敘述詳盡。每一個武人有其自己的懺悔過程，亦有其懺悔時機；武藝作者所能做的，乃是令他們每人擁有自己的自由，令他們各得其所、各是所是。若作者的信念是甲，書中某一角色的信念是乙，而作者在書中推動一股暗流，隱隱要乙往甲處行去，那麼，作者不該創造這個具有乙信念的角色。換句話說，張三應該用張三的方法去作孽，然後用張三自己的方法去懺悔。而不是張三先用自己的方法作孽，再用李四的方法懺悔。

因為後者若得成立，我人很懷疑張三便是張三了。可能他根本不是張三；原本他就是李四，而只是先裝成張三的模樣，然後在書終將面具揭掉，告訴讀者他其實是李四。

平常人求「平安」的心意，常常暗合佛家思想，然卻是另一番景様、另一段字句。這「另一番景様、另一段字句」便是小說家的工作了。

我們再轉回來說「不安」。

設若金庸這份不安的潛意識雖即不自覺卻也一逕有所呈露，那麼作者在寫作的途中必然也不自禁的會尋求治療之方。亦即：一邊推展書中事態，一邊暗暗企求將不安謀得一番平定。須知作者寫作原即往往是一件解決自己困難的工作，而讀者讀作品亦往往是一種需要。若某一作者在寫出第一、二部書時顯出他某些特別感到在意的、掙扎的困厄，而在第十部書時仍有這些問題，那麼他仍然沒有解決這些麻煩，這後面的幾部書仍不堪令他超越前面已有的認知，並且，這些問題及麻煩所干擾於他的，雖然不時會有，大約也不致太重。便好似金庸書中的不安感，是習慣性的。也於是有些讀者初遇「冤家路窄、好景乍逝」這類情節，很為其感到驚恐不安；但武藝小說的老主顧們或許根本不動聲色，視為當然；他們早已見怪不怪，安此不安了。

五、愛情本事

甲、愛情在金庸小說中的重要性

愛情在金庸書中的重要，可用下面這句話來說明：

愛情事件是金庸小說故事的根；若非愛情，則許多部金庸小說勢非今日的面貌。

《俠客行》中的狗雜種之所以喚做「狗雜種」，又引出了和石中玉面貌酷似的種種事情，便因為愛情之故。狗雜種的「媽媽」梅芳姑原本深深鍾情於石清，但石清卻愛師妹閔柔，兩人結成夫妻，生下中堅、中玉二子。梅芳姑怨恨之下，將石中堅擄了去，便自小喚他做「狗雜種」，以洩怨氣，而梅芳姑自己仍一逕守身如玉，終生未嫁。

《神鵰俠侶》中若沒有楊過、小龍女的愛情故事，若沒有李莫愁、公孫綠萼等人於愛情之不堪獲得，則《神鵰》一書不知尚有啥事？「死守襄陽」固然忠勇，「點化慈恩」固然超越，洪七公、歐陽鋒、黃藥師、周伯通等高手固然令人樂見其能，然皆不是《神鵰》之主要；這些在《射鵰英雄傳》中的重要情節，到了《神鵰》中還及不上尹志平的癡情性格來得引起讀者關注。可見愛情是《神鵰俠侶》中最最要緊的部分。

《倚天屠龍記》中，因愛情而引起的變化，更是複雜龐大。書中的第一大惡人成崑，便因師妹嫁與明教教主陽頂天，不得終生相守，僅能秘道偷情，遂因恨作亂，幾乎將偌大一個明教顛覆消滅。

紫衫龍王因愛情而離異波斯明教，而離異中土明教，嫁與銀葉先生，去至靈蛇島。

張翠山因愛情方致娶了魔教妖女殷素素，又因三哥俞岱巖之殘廢與己妻有關，才有夫妻二人一齊自盡之事。

紀曉芙便因和楊逍有一段愛情過節，才會斃命於滅絕師太手下。

滅絕師太便因受到范遙言語中傷，說什麼兩人曾私生一女云云，終至死於愛情事裡。

宋青書私戀周芷若，終犯了弒叔大罪，殺了莫聲谷。陳友諒脅逼宋青書一節，宛然便是《神鵰俠侶》中趙志敬壓迫尹志平。

至若張無忌和趙敏、殷離、周芷若等人的愛情糾葛，更是牽一髮動全身的影響了《倚》書的情節進行，沒有這些愛情事件，《倚天》不知會是什麼面貌。

《天龍八部》中，愛情不但影響了情節，它根本就造就了人物的密切關係，使得每一個人、每一件事皆緊緊連接成一體，怎麼也脫卻不了干係。倘使以一句話來顯出《天龍八部》的題旨，則必是：凡人物莫不有關，各事體自成因果。

人物之有關，事體成因果，皆為了早先的愛情之故。也於是段譽在無量玉璧所見之玉像，一來是前人原有的愛情故事，二來也是他自己日後將見王語嫣之張本。

而虛竹成長於寺廟之門，乃其父便是少林寺的得道高僧玄慈。玄慈與葉二娘的一段孽緣，致有虛竹之出生。

虛竹之母為第二大惡人，一如段譽之父為第一大惡人，因果業報也。而虛竹與段譽結成金蘭兄弟，亦其來有自。

愛情之重要，在金庸武藝小說中已然和武功一般，同樣皆近乎宗教之意義，需得全身受苦受難，一逕尋求各樣形式之解脫。以前面的籠統字眼言之，皆所謂「練功本質」也。

乙、愛情中吃苦的一方

張無忌道：「你是我命中的魔星，撞到了你，算是我倒霉。」（《倚天屠龍記》頁一三〇三）

駱冰道：「男女結親之後，不是東風壓倒西風，便是西風壓倒東風，總有一個要給另一個欺侮。」（《書劍恩仇錄》頁四七五）

在愛情中，男女兩方，常有一方要吃另方的苦頭，有時真似前生注定一般，無法以人力改變。令狐冲饒是狂放瀟灑，卻也得栽在岳靈珊手裡。一個人是另個人的剋星，儀琳即使知道無法和令狐大哥生活在一起，也沒法不去思念他，為他擔憂，為他消瘦。段譽見了王語嫣，便是天涯海角也要相隨，油鍋刀山又有什麼不能去的？韋小寶何等飛揚跋扈，只聽說他欺侮人家，不曾聽說人家欺侮他；然而一遇上阿珂，原先的惡狠厲害再也使不出來，只是由她使喚，任其擺佈，差點兒讓她給「謀害親夫」了。

殷離在蝴蝶谷給張無忌咬了一口，自此便有吃不盡的愛情苦頭，天涯海角，日日思念他。

張無忌遇上周芷若，險象環生，幾乎身敗名裂。趙敏何等智計過人，卻為了張無忌，甘受冤枉，堂堂郡主之尊被視作無物亦忍了下來。

至若馬春花愛上福康安、李莫愁愛上陸展元、游坦之愛上阿紫、梅芳姑愛上石清、公孫綠萼愛上楊過、宋青書愛上周芷若，凡此等等，盡皆自此便有吃不盡的苦矣。

林平之與岳靈珊夫妻一場，算得上《笑傲江湖》最佳之筆。把一個原本活潑無邪的少女在陰險虞詐的男人社會中所歷之苦淋漓表出。

岳靈珊哭道：「原來……原來……你所以娶我，既是為了掩人耳目，又……又……不過將我當作一面擋箭牌。」（《笑傲江湖》頁一四七七至一四七八）

她不過是犧牲品而已。

岳靈珊收起了哭聲，說道：「我是兩不相幫！我……我是個苦命人，明日去落髮出家，爹爹也罷，丈夫也罷，從此不再見面了。」（頁一四八一）

在愛情中，一方要吃另一方的苦頭，並不是這人要那人吃苦頭，而是自然如此，天意如此。這算是金庸的愛情宿命論。

丙、愛情中的宿命論

除開愛情中人要吃苦外，尚有另一種宿命情形。

金庸書中人物常在初遇異性後，便結了不解之夫妻緣。其間儘管有許多周折，卻已是隱隱有一股「兩人必成眷屬」之暗流。

張翠山初遇西湖舟中一位青衫方巾文士打扮之人時，讀者便已有了「兩人相關」之聯想。待及知悉那「臉色極是蒼白」的文士竟是一個名喚殷素素的女子，這時讀者再也無法不令自己情不自禁的將二人牽合在一起。

何以讀者會對張翠山及殷素素有此迅捷敏感的聯想？

這有好幾個理由。第一個理由：武藝小說是一種類型作品（genre），閱讀武藝小說這種類型文學如同觀看西部片這種類型電影，同樣具有一種觀賞習慣；便是該種類型中一逕流露的特有習例，觀眾一看便知。有人甚至明快的說：類型作品中，愛情的表達也將之類型化。

第二個理由：前面的鋪敘伏設。張翠山一出場時，便以浪漫態勢引起讀者對他有綺美憧憬；先是一匹四腿特長的青驄駿馬，繼而「馬上乘者是二十一二歲的少年，面目俊秀」。便因這番鋪伏，張翠山方有後時遇上殷素素之遭際。而俞岱巖的出場，是「一個三十來歲的藍衫壯士」（年紀已不輕），「腳穿草鞋」（裝扮亦不俊美），「雖然桃紅柳綠，春色正濃，他卻無心賞玩」（似乎也無浪漫雅興）。至於俞岱巖沒有被花下筆墨描繪他的容貌，可見他不被賦予秀俊風雅的任務。他的任務是戰鬥，「這年年初奉師命前赴福建誅殺一個戕害良民、無惡不作的劇盜」。因此俞岱巖不會遇上美麗的愛情事件，他只遇上抱著屠龍刀至死不放的醜陋老者。

第三個理由：乃這股「兩人必成眷屬」的暗流，非但是寫書人習於施放之物，並且也是閱書人所習於接受及瞭解者。譬之觀賞電影，觀眾甫見男主角初遇女主角於路旁，心中便暗暗認定他二人斷不只是路人的交情，「他倆日後必有什麼！」因此，這時候觀眾除了在觀賞中接受編導者的安排外，還多了另一樣自發的工作——祈禱。觀者祈禱、等待事態之發展，盼與自己心中隱隱所想相合。

也即是：觀眾也不自禁的做了一些創作的事務，他由客體跳進了主體。

何以觀賞者竟會去做上一做創作的工作呢？其中的一個可能便是：觀者不完全甘願等待造物者的安排。他偶爾也想自己挺身出手，加以奈何一番。

至於什麼事是觀者想要參加與奈何的、想要祈禱期盼的？必定是觀者所熟悉且深深關心之事。當然，愛情是其中諸多要緊事裡的一件大宗。

一種專注，便是一番奈何。而一種密切的凝視，往往使那被凝視之物得以改變原先之狀態。好像是希區考克說過這樣一句話：「電影畫面呈現一個正在翻箱搜櫃的小偷，他愈是急急切切的找一樣東西找不到，觀眾愈盼望他趕快找著，並同時希望這當口主人不要開門進來。」

當然這只是說明一種「眾望所歸」的情境，並不真表示觀者同意小偷行為。但在一種緊急情境的逼促下，觀者的關注猶且如此，更遑論「愛情」這種在人們心中有恁大份量的物事是何等引起讀者的關心了。

丁、尋常理念在愛情中的移變

愛情中的許多神妙質素，致使人生中不少原成定局的形勢，有了改轉，有了新的詮釋。以《射鵰英雄傳》中歐陽克及黃蓉為例：在尋常做人道理看，歐陽克是壞人，黃蓉是好人；然到了愛情之中，形勢立變，變成黃蓉一味欺負人，讀者看著歐陽克一副可憐相，倒像他成了好人，卻一直要受壞人及命運之捉弄。

在海中荒島上，歐陽克始終希望接近黃蓉，也樂於為她跑腿，黃蓉卻不斷用計賺他，終於用蛾眉鋼刺刺中了他的右腿。黃蓉既見沒有一刺將歐陽克刺死，於是——

> 黃蓉嗔道：「咱們正好好的說話兒，你怎麼平白無端的撞我一下？我不理你啦。」說著轉身便走。歐陽克心中又愛又恨，又驚又喜，百般說不出的滋味，呆在當地，做聲不得。（《射鵰英雄傳》頁八二七）

同樣的，在尋常的道德標準下，韋小寶是一浮滑無賴，但在愛情中，他竟是如此虔誠、如此專情、如此捨己待人、如此寬容退讓，倒顯得那些女子如阿珂、方怡者，是那麼的狠心、那麼的陰惡了。

韋小寶初遇阿珂於少林寺外——

韋小寶一見這少女，不由得心中突的一跳，胸口宛如被一個無形的鐵錘重重擊了一記，霎時之間唇燥舌乾，目瞪口呆，心道：「我死了，我死了！那裡來的這樣的美女？這美女倘若給了我做老婆，小皇帝跟我換位我也不幹。韋小寶死皮賴活，上天下地，槍林箭雨，刀山油鍋，不管怎樣，非娶了這姑娘做老婆不可。」（《鹿鼎記》頁八九八）

後來經過諸多周折，韋小寶終於以澄觀之手將阿珂點中穴道，擒進僧房，卻「連摸一摸她的手也是不敢」。其中有這麼一段：

韋小寶向著她走近幾步，只覺全身發軟，手足顫動，忽然間只想向她跪下膜拜，虔誠哀求，再跨得一步，喉頭低低叫了一聲，似是受傷的野獸嘶嚎一般，又想就此扼死了她。（頁九三七）

這一段最是好筆。韋小寶連她姓名還未得知，卻愛得她——端的是「死去活來」。而這愛又似飄渺不可得，急起來索性大夥兒一塊死算了，落得個乾淨。

這便是愛情之奇妙。《神鵰俠侶》是寫情的名書，未必有這樣神筆。韋小寶這番若即又若不得的模樣，當真稱得上「栩栩如生，一見其人」。

至於令狐冲，他本是名門正派弟子，遇上了邪教妖女任盈盈；照說讀者應站在正派的男方，來對立於邪教的女方才是，然而讀者並不如此，讀者倒希望令狐冲快些拜倒在任盈盈石榴裙下，令讀者好早些舒一口氣。

讀者在觀賞愛情本事時，竟然也呈現出這樣一個情形：站在感情的一方，而走離理智的一方。而金庸書中的愛情戰場上，也總是感情的一方戰勝理智的一方。黃蓉戰勝郭靖，殷素素戰勝張翠山，趙敏戰勝張無忌，任盈盈戰勝令狐冲，段譽戰勝王語嫣，韋小寶戰勝阿珂，瑛姑戰勝周伯通。

感情戰勝理智——甚至戰勝道德——，很奇妙的令讀者樂於接見。而金庸武藝小說亦善於在這番象徵中發揮他的幾件思想，除開愛情的變幻莫名外，尚可寄寫「反禮法」、「重新認知道德」、「人的貪慾」等等心得體悟。

在愛情中，善惡正邪的移變，不可以常理相度，這固然是愛情的神奇之處；然而在金庸書中還有另一種神秘情形，且讓我們來看看。

戊、愛情中「用強」「使惡」的結果

楊逍對紀曉芙用強，張無忌咬殷離手，石中玉對丁璫花言巧語，韋小寶對蘇荃「胡天胡帝」使她懷孕，皆使她們不但不悔恨，並且有些感其恩情，最後樂於相隨。這也是愛情中的神秘情質，同時也是金庸書中十分特出、相當習見的描繪。

這「騙」、「用強」、「計誘」、「令木成舟」等手段，在愛情中具有的潛力，是人性內部極為有意思的情形。它不是道德理智所能概括的，它涉及人性對於未可知、對於危險、對於黑暗世界之隱藏興味，常有一探之衝動。

我人所謂「冒險」，自然有其危害性，卻也因在冒險中獲得的快樂並非平常日子裡所能比者，故人或多或少總也會有「冒險」之衝動。女人在愛情中冒險，金庸書中有不少這種例子。段正淳的一干情婦聽了他一兩句甜言蜜語，便願意拋開一切跟著他跑，即使做一天強盜老婆也甘之如寶。

男人在愛情中又何嘗不冒險？張翠山明知殷素素殺了龍門鏢局多人，是一心狠手辣的邪女，卻仍然一步步的走上和她「天上地下，人間海底，我倆都要在一起」的愛情之路。

張翠山這險冒得確實是大的，他一走上與殷素素戀愛之路，老實說，讀者也隱隱感到他有殉命之可能。

有乃父的殷鑑，照說應更警惕才是，然而沒有，張無忌同樣在愛情中冒險。張無忌原先只道趙敏殺了殷離、傷了周芷若，一心想手刃趙敏為殷離報仇，為漢人出氣。但擒到趙敏後，不但下不了手，還有點神魂顛倒。

在愛情中，人有往「惡」處去的可能衝動，此一也。又正與邪、善與惡、感情與理智，皆難以分別，或甚至徹底移位，此二也。

綜上二點，是否便令讀者掌握不住傳統單純的善惡呢？不會的。讀者仍然能夠區分好與不好。

以上提及這些人物，不管原先是邪教妖女也好，潑皮無賴也好，讀者皆清楚知悉他們是好人，並不只是他們在愛情中才變成好人。

他們有他們成為好人的一些表現。關於這點，在此亦不必贅言。惟一可以略提一句的是，他們在愛情中依然有其道德。

倘若在愛情中沒有道德或道德狀態不能平衡，儘管有深情，那又會造成如何一個情形呢？

己、情海風波，殘暴女子

《神鵰俠侶》中的李莫愁是有深情的，卻不因她有深情，在愛情中便可由「惡」移位到「善」。很難有讀者會視她為善。何以然？簡言以蔽，她在愛情中沒有道德。

> 李莫愁以處女之身，失意情場，變得異樣的厭憎男女之事。（頁三五）

> 自己本可與意中人一生廝守，那知這世上另外有個何沅君在，竟令自己丟盡臉面，一世孤單淒涼，想到此處，心中一瞬間湧現的柔情蜜意，登時化為無窮怨毒。（頁四四）

李莫愁不但將怨毒發在陸展元、何沅君及其親人身上，並且殘殺無辜。「愛情」二字雖然寬大無邊，亦不能包其咎也。

《天龍八部》中的阿紫固是性情中人，然嚴格說來，她尚未進入愛情之中，只在邊緣而已。阿紫固然想對姊夫蕭峯好，為了蕭峯，許多事物皆可不當它重要，但還似乎不能稱為愛情，僅是愛情的變格、愛情的近似物而已。阿紫不但在尋常生命中不合道德，連尚未進入愛情中心，便已要借用愛情中的「惡」，實在是太不堪了。

在愛情中最沒有道德、最陰狠毒辣的，要數《天龍八部》中的馬大元夫人了。

馬夫人原先深愛段正淳，但段正淳有正式妻室，又有一些女友，不能由她獨屬；而馬夫人「天性涼薄」（蕭峯評語），從小「要是有一件物事我日思夜想，得不到手，偏偏旁人運氣好得到了，那麼我說什麼也得毀了這件物事」，於是她要殺了段正淳。所用的方法是：「段郎，是你自己說的，你若變心，就讓我把你身上的肉兒，一口口的咬下來。」

蕭峯所以從丐幫幫主變成契丹惡狗，從萬人敬仰的大英雄大豪傑一變而成人人欲殺之而後快的大奸大惡，全是受了馬夫人的陷害。馬夫人何以要陷害他？又用了什麼厲害的法子？

她恨蕭峯，陷害蕭峯，便為了兩年前洛陽城開百花會，會上蕭峯「竟連正眼也不向我瞧上一眼」。居然是為了這個理由。

後來她在丈夫馬大元的鐵箱中發現了蕭峯是契丹人這件身世，想叫馬大元當眾揭露，令蕭峯身敗名裂。身為副幫主的馬大元不肯，她就勾引執法長老白世鏡，「我糟蹋自己身子，引得這老色鬼為我著了迷。我叫老色鬼殺了馬大元這膿包，他不肯，我就要抖露他強姦我。」於是白世鏡終於殺了馬大元。這還不止，馬夫人又要白世鏡揭露蕭峯的身世秘密，但白世鏡不肯，他對蕭峯極講義氣，給馬夫人逼得狠了，「拿起刀子來要自盡」。馬夫人就只好找別人了，「找上了全冠清這死樣活氣的傢伙。老娘只跟他睡了三晚，他什麼全聽我的了。」

陰狠惡毒如此，卻只是為了蕭峯沒將她的美豔放在眼裡。馬夫人實是活在她的美感意念裡，所以她會為這件奢侈去死。她有奇特的自戀狂，臨死前還要照鏡子看看自己的美貌是否稍有減失。

馬夫人興起的這件情海風波，對《天龍八部》一書的重要，可說巨大之極。愛情之事是金庸小說故事之根，誠然。

金庸書中不乏情場怨女，她所戀者，死心塌地只是一人，這人即或是別婦之夫，或是無由和他廝守相處者，或已做出令她不可饒恕之事，她怨憤歸怨憤，痛苦歸痛苦，甚而有殺他之想，然心中所繫，卻還是他。無可奈何之下，常思殺他而後自戕，圖個同歸於盡罷了。

情海漫漫，任人四處遨遊，怨女卻獨駕恨舟，專揀那炉岸癡灘而泊。譬似前生注定，饒你才智超羣，武功過人，竟也百無得計，一籌莫展。造化天意，其奈若何。

有些女子，其他事明理合情，靈台清澈；戀愛事心慌鹿撞，必牛角尖才鑽。又有與世人處任性跋扈，兇狠潑辣；與情郎伴則溫順柔情，靦腆體貼。更有的，情郎身外之事，斷不在乎，毫不明瞭，亦不加探索；事一有關情郎，則全神貫注，身上立時多了好幾副動力，便待兔脫飛奔去闖一般。

女子感情變化各色各樣，金庸書中可謂層出不窮，此落彼起。李莫愁死矣，阿紫死矣，卻頻頻有後繼者。

大體而言，金庸情海中的女子，一遇上愛情，便將正義、公理拋開不理。女子比較不理性，是金庸感情世界裡一大特色。她們非但不理性，而且，殘暴。

像阿紫、李莫愁等前面已有之例固不用多述，且來看看郭芙這個例子。

郭芙五歲那年，黃蓉開始授她武藝，桃花島上的蟲鳥走獸可就遭了殃，不是羽毛被拔得精光，就是尾巴給剪去了一截，昔時清清靜靜的隱士養性之所，竟成了雞飛狗走的頑童肆虐之場。（《神鵰俠侶》頁三三）

郭芙從小便已露出殘忍心性，她在《神鵰》書中一出場，便顯了一手欺侮人的把式，有點兒像伏上一筆日後重大作惡行為的先墨。她伸足將武修文絆倒，令他摔出鼻血，隨即柯鎮惡出現，他雖眼瞎，卻也素知小郭芙平日行徑，柯瞎子在《神》書中說的第一句話便是：「芙兒，你又在欺侮人了，是不是？」郭芙辯道：「誰說的？他自己摔交，管我什麼事？你可別跟我爹亂說。」柯鎮惡又道：「你別欺我瞧不見，我什麼都聽得清清楚楚。你這小妞兒啊，現下已經這樣壞，大了瞧你怎麼得了？」

大了果然不得了。她將楊過右臂砍下。一直到在襄陽城外楊過救了其夫耶律齊，郭芙才道：「我一生對你不住，但你大仁大義，以德報怨，救了……」楊過卻道：「芙妹……只要你此後不再討厭我、恨我，我就心滿意足了。」

郭芙一呆，兒時的種種往事，霎時之間如電光石火般在心頭一閃而過：「我難道討厭他麼？當真恨他麼？武氏兄弟一直拚命的想討我歡喜，可是他卻從來不理我。只要他稍為順著我一點兒，我便為他死了，也所甘願。我為什麼老是這般沒來由的恨他？只因為我暗暗想著他，念著他，但他竟沒半點將我放在心上？」

……「他衝入敵陣去救齊哥時，我到底是更為誰擔心多一些啊？我實在說不上來。」「他在襄妹生日那天送了她這三份大禮，我為什麼要恨之切骨？……郭芙啊郭芙，你是在妒忌自己的親妹子！他對襄妹這般溫柔體貼，但從沒半分如此待我。」

……雖然她這一生什麼都不缺少了，但內心深處，實有一股說不出的遺憾。她從來要什麼便有什麼，但真正要得最熱切的，卻無法得到。因此她這一生之中，常常自己也不明白：為什麼脾氣這般暴躁？為什麼人人都高興的時候，自己卻會沒來由的生氣著惱？（頁一六二〇至一六二一）

郭芙的殘忍，年幼時或許固然由於黃蓉懷胎時性情暴躁，年長時固然由於她所熱要者別人不給，但她的殘忍終歸還是殘忍。

另外如建寧公主喜歡虐待人，同時喜歡讓人虐待自己，亦是一種奇特的殘暴情形。再如周芷若，在《倚天》前部是何等的楚楚可人，到了後部卻陰狠毒辣之極。又如張無忌心中突然想到的母親殷素素：「媽媽為什麼這般喜歡讓人受苦？義父的眼睛是她打瞎的，俞三師伯是傷在她手下以致殘廢的，臨安府龍門鏢局全家是她殺的。」張無忌又想到了那個村女（殷離），真不明白她為什麼莫名其妙的來打自己斷腿，「我一點也沒得罪她，為什麼要我痛得大叫，她才高興？難道她真的喜歡害人？」

金庸筆下的女子，性格皆極其突出，敢想敢說，敢做敢為。而這突出的性格，常在愛情中淋漓表出，表出的方式，總帶著好幾分的殘暴。

殘暴有時固是不理性的表徵，卻也有的女子殘暴固有、而理智仍然清晰。

《俠客行》中，丁璫既喜愛浮滑浪漫的石中玉，日後雖得遇狗雜種這個老實人，與他共處了一段驚心動魄、死生相隨的日子，卻於再逢石中玉後，仍然一往情深，不究石中玉的種種劣跡；更甚而要狗雜種去換出前往凌霄城途中的石中玉。石中玉惡事做絕，丁璫卻深愛他，並不擔憂石郎這個人云的惡人日後對她是否負心，真算得上情海中的勇者。更為了要救石中玉，在騙狗雜種時，還能佯裝出自己對狗雜種的刻骨深情，令狗雜種信以為真。丫環侍劍出來阻撓，丁璫也能立下毒手。殺人後，還把屍體作成像是先姦後殺。手段狠毒，腦筋卻恁地清楚。

庚、二三女子情形

女子，所以沒在前節「人物情形」中多敘，便為了在此「愛情本事」中穿插來敘。愛情在金庸故事裡具有重大地位，而女子在愛情中更具有牽一髮而動全身的尊崇要素。女子的聰明智慧與女子的恣意殘暴，共同造就了其在愛情中的作用。「女子」這件道具，在愛情中的作用，其恣意殘暴可以造成衝突，其聰明智慧則可有批評的作用。

以恣意殘暴造成衝突，興起情海風波，例子可說比比皆是，無庸再作多敘。而批評的作用，則常以顯現男子的猶疑不決、婆婆媽媽；更有甚者，可以諷刺男子的虛偽於死固觀念，及不夠勇敢果斷。確然，男子的偉岸，在女子的面前真是有搖搖欲墜之勢。或者抽象的說，理智在感情之前，似將趨向崩潰。

聰明、活潑、刁鑽、機伶，是許多金庸書中女子的特色。像《飛狐外傳》中的袁紫衣（圓性）在福康安府，言詞咄咄，先發制人，將湯沛陷個百口莫辯，宛然是韋小寶伎倆中的一部分。《天龍八部》中阿朱的善體人意、想事周全，就別說她的才藝（如易容術）如何高超，即是人已是聰明之極。《俠客行》中阿綉教導狗雜種不少武林事故，《笑傲江湖》中任盈盈凡事先為令狐冲設想，《倚天屠龍記》中趙敏不但深思熟慮，而且敏感富洞察力，終能洗清殺害殷離這件冤枉。聰明機智的女子多不勝數。現在且來說說最具代表性的女子——黃蓉。

黃蓉的慧黠，是有名的，所謂「女諸葛」便是。她的慧黠一面，書中敘之詳矣，且說說她的其他部分。

黃蓉雖生於桃花島絕世所在，仍一俗女也。其聰明無匹，亦無非是俗世計較下之聰明。在《神鵰俠侶》中，她想勸小龍女不可與楊過結合，以免壞了師徒名份，從此無臉面以對天下英雄，將受別人一輩子瞧不起。

小龍女微笑道：「別人瞧我不起，那打什麼緊？」

黃蓉又是一怔，……心想似她這般超羣拔類的人物，原不能拘以世俗之見，但轉念又想起丈夫對楊過愛護之深，關顧之切。（頁五六六）

黃蓉如此聰敏之人，聽了小龍女的話居然會「一怔」，然後還會「轉念又想」，想的無非是些世俗意念，可見黃蓉是一俗女。

黃蓉固為俗女，於俗子郭靖青眼有加，終至結為夫妻。而黃藥師孤僻絕俗，於靖蓉結婚後，不願與他們同住一起，享那清福，遂飄然離開桃花島，自己一人胡意浪遊。《射鵰英雄傳》一書歷年來膾炙人口，自有不少讀者為郭黃二人心儀不止；由此益見武藝小說所言之超凡入絕事如黃藥師一類人物，皆向來不多著筆墨、僅為襯筆而已；大眾化的事端、大眾化的人物、大眾化的遭際，如郭黃之例，方為主筆。

但黃蓉做少女時，原不是如此的；做了人妻子母後，竟然改變恁大。在絕情谷的大廳中，見慈恩（裘千仞）要將小郭襄弄死，竟能立然披下長髮，裝鬼弄玄，讀來令人對她誠感心驚。

黃蓉之對郭靖好，有一點練功練累了，至此想偷一份懶，少動一些腦筋的況味。嫁郭靖後，便凡兩人之間事不用操心，然一遇上家門以外之事，便立時又精明起來；好似郭靖是一件寶，擁有它後極其定心，但一遇上外頭事或人，便一種不安感、一種動物自然的警覺心又生了出來。只須看黃蓉在《神鵰》中所有出現的場面，皆可見到她憂心忡忡，不可稍歇。她是勞碌命，郭靖是憨福人。

且再看看另一個女子——駱冰。

《書劍恩仇錄》前四回盡是俠義故事，大小戰鬥多而激烈，中間卻夾了個有個性的女子；她的個性在這些激戰裡非但沒有給遮掩掉，反而愈發顯揚出來。駱冰與她丈夫文泰來兩人性情一般，俱是明白白、傻乎乎的一根直腸子。他們既已是朝廷欽犯，不會絞盡腦汁、想法逃命，卻在三道溝安通客棧裡和差人打完架後，又關上房門像是沒事一般。童兆和以一生人闖進她房裡，言語輕薄，她似乎也沒多加防著。要是在金庸其他書中，女主人翁早舉刀砍了過去。後來童兆和雖受了文泰來點穴擊背，打出門外，卻再伴著鏢局同夥登門道歉，駱冰開門時似乎沒什麼怒色。再加上鏢局人說了幾句好話，捧了她又捧她丈夫，她居然還笑了。

金庸人物身在險地，照例更加小心，便是見到陌生人，也皆留意是否與對頭有關。駱冰倒好，對人全沒防範心。即使在鐵膽莊失了丈夫（文泰來名喚泰來，說不得要受否極之苦），和十四弟余魚同露宿野地，還會夢見和丈夫擁抱親嘴。這又是心地坦蕩、疏於防範的表徵。待駱冰從睡夢中驚醒，知曉接吻者是余魚同，自然將他罵了一頓；可是余魚同一片真情癡心，駱冰瞧著又覺不忍，竟說要幫他找一位才貌雙全的好姑娘，「說罷『嗤』的一笑，拍馬走了。」心地何等寬闊。寬闊得有點空洞了。

或許就因文駱二人一向缺乏防範心，童兆和之跟蹤才能得遂。駱冰有一種天塌下來也不會受驚的吉人福心。

可笑駱冰以一女子加入紅花會，廁身江湖，卻毫無江湖警惕；加以其父也是江湖大盜，她出身如此，尚沒有風塵機防，可見性情早已生就，自來便是這樣，也不必強求了。

其後，陳家洛號令眾人分成幾撥去搭救文泰來，駱冰與周仲英父女同在一隊。她在途中雖然心繫丈夫安危，不時愁眉難展，卻也不時在笑談中說要給周綺做媒，幫她找個好郎君。凡事有一後又有再，便讓人忽然間印象深刻起來。駱冰怎麼恁地喜歡幫人做媒？展書至此，頓覺金庸真把駱冰寫活了。須知喜歡為人做媒的女子，總是開朗活潑，不避小羞；套句臺島俗語，有點「三八」是也。

駱冰另一件三八之舉，便是衛春華激她去盜徐天宏周綺二人新婚之夜洞房裡的衣服，想使徐周二人次晨起不得床，駱冰也竟然一口答應。她真是有趣。

辛、金庸於愛情之背負

閱讀一位作者的多部著作，常可漸漸看出作者的習慣，也因而慢慢見到作者所一逕存念之事。而一大套繁纏複糾的情節文字，讀者於相隔長時讀畢之後，常在朦朧記憶中，猶得保存一些發散自作者本身的特殊印象。這印象便是一些如主題、說故事習慣、藝術手法，以及心念背負等物事了。

如今只說背負（obsession）。

金庸有許多背負流露在小說中。例如康熙皇帝和韋小寶說到「官逼民反」，以及他書中有時用「水裡水裡去，火裡火裡去」字眼，又武林人物對投效官府之武人很瞧不起，這種說及政治局面或社會境遇不佳，而致平常民眾有了不滿或不適的反應，是金庸很重要的一個意思背負。除開對權勢官吏的深深不以為意之外，對於禮法之囿人限心亦是不以為然。金庸有不少部書皆極言體制鎖人，法規無非圓人使訛。這政治上的背負及道德上的背負，前面也偶有敘及，勿需多論，現在只說愛情上的背負。

於愛情之背負，外國作家亦所在多有。大體言之，金庸所背負者，乃愛情中兩情不能相悅之苦，或心上人移情別戀之憂之恨。此二者可說是愛情中的基本概論，而非愛情發展至成熟的細微末節。古今中外詠敘愛情之作品多矣，有的好講論愛情中的勢利不堪；有的好講論男女感情之難以溝通，甚至更深邃探討在某一種不堪、破裂的社會境況下愛情之不存在（如西方電影中言法西斯時代愛情之挫抑扭斷等）；有的好講論婚姻制度於人之利弊，進而衍論整個倫理關係之懷疑；有的從男女的戀愛行為中來探索人於動物學中之可能變化；等等不一。

讓我人再來看一個為情所苦的事例。韋小寶初遇阿珂，便如身中邪魔，一往情深不可拔。阿珂卻一逕不理他，甚至利用他、作弄他。韋小寶甘願服這種愛情苦役。此段愛情描寫，在前部，韋小寶饒是施出渾身解數，也無法親近她的身與心。這一段「為情所苦」，我本期望阿珂是一個變幻無方、毫無應允、不事居留的孤獨天人，永遠令人捉不透。韋小寶愈是愛她，愈是在每一刻念及她，卻愈令自己生出破滅空白之感。好似每一次見著她，便立然感到世事之不可能，完美之不堪觸及。而阿珂對韋小寶若即若離，同時隱隱拒卻韋小寶，乃是她的任務如此，天命如此。她彷彿從天而降，不能貢獻自己給俗世。

我原先幾乎要如此想像阿珂在「苦於愛情」中之意義。

然而不是。韋小寶所苦者，竟是阿珂中意鄭克塽。書至略後，既知阿珂是這樣一個女子，乃知韋小寶之苦於愛情者，不過如此。再後又知鄭克塽是一無用之人，再後阿珂又回到韋小寶身邊，實令人興「既有今日，何必當初」之嘆。

金庸書中的許多事件，皆往往包含著愛情的質素。《飛狐外傳》中，慕容景岳、姜鐵山、薛鵲三位同門師兄妹的情海糾葛，是一段沒有歷歷活動於觀者眼前的口述往事，由程靈素口述出來。這一段情節原不是本書的重點，卻也被細緻的提及這三人愛恨交錯、驚心動魄的過節。由此，愈可顯示金庸在愛情上隱隱的背負，常是聚集於一方移情別戀後，另一方痛苦難已，繼而恨意生焉、遂起報復，而致一段悲劇開始。

說了那麼多的「愛情」，那麼，愛情在金庸書中到底是什麼呢？

愛情如同一團光芒、一輪太陽，幾乎每個主人翁都會被普照得到。受這陽光照射後，他們的人生便起了照射後的變化；由於這陽光是一視同仁普照下來，所以受光之人也皆大抵有相近的體質變化。他們皆接納愛情自上方降下的旨意，而不是和愛情平行的進展其間之關係。

做為一個作家，金庸筆下的愛情，在讀者印象裡，仍是提供一份愛情的名義，而非拂來一襲愛情的氣息。

金庸似乎先想到「愛情」，而不是先遇上愛情事況。他太憧憬愛情，而非太過習於或勇於面臨人生中可能含有愛情之事。

他不和愛情中的各種變化迂迴周折的打交道，而只是和「愛情」這張名片點頭認識。這種種說法，並無意涉及褒或貶；一如金庸這種描寫方式，無所謂優或劣是一樣道理。金庸於「愛情」這件意念的施使，便如他於「美」、於「禮法」、於「善惡」，甚至於「武功招式」等之援用，皆同樣是他寫作風格之一貫方式。此種方式有相當可以深究之意趣，當會在後章「寫法」中詳討。

六、結語——寓文化於技擊

從金庸十多部小說中來說出他的思想，未必是件容易的事。若要以幾句話來說明他的思想，雖也可以，卻一來可能說出後並不特別、並不傳神，二來往往有斷章取義、引喻失義之虞，犯了缺漏殘失的不全大病。

有一類批評家深好抽取作品中的主題以為該作者的思想、以為該作品優劣之評斷，然而往往並不能於那作者、於那作品，甚而於讀者有什麼助益之處。此類作法常使那作品又一次的受到死固的編列，以致讀者看過那批評後再去面對作品時，便如同被安排在某一片櫥窗前，僅能得見狹窄的片面。

我在前面提出的幾點特色，乃是從金庸眾多思想中於我特別產生印象者加以表出，其餘想必還有許多，只是非我一時所能濃重感受掌握的了。

思想的高低，未必干係到作品的優劣；除非該作品早已被命定必得以思想之高才能成其作品之優。小說不知曾被命定否？又武藝小說不知曾被命定否？

而思想之高低又是何所指呢？此乃存於不同人之不同心中，如何可以言說呢？

至若小說，又是怎麼一回事呢？竊意以為，它不但不以思想做其評比準則，亦未必以情節論其優劣也。同時，它也不以其他任何物事來做為讓別人打分數的對象。它就是它，小說就是如此而已。小說是一堆字，這一堆字被不同的人捧在手裡，每人各取所需便是；有人看了忘，有人看了深有感應，有人看得其中所謂的「真義」，有人看成所謂的「誤解」。在在可能，亦在在可以。

我今所見，可能是真義，亦可能是誤解，亦可能什麼也不是。惟有一點可以確定，此書不是品評優劣，亦不擬論較高低；只是自金庸書中發現一二條有趣小徑，意欲往前走走探探，走至想停時，自便停下。屆時返家途中，又不知是何色景狀矣。

金庸的思想，在繁繁密密的文字間雜中隨處可見；若自各處細節來看他的思想片簡，而後統歸之，再求一言以蔽，則必「寓文化於技擊」也。在武學中，例如刀法上的「似慢實快」，便如常理「欲速則不達」。心中渾噩天真，無意間習得高深武功，便是「愈著意，愈不得」之理。又「借力打力，四兩撥千斤」便是借彼之長以制彼也，又是以柔克剛也。至若「彼不動，己不動；彼一動，己先動」更是以逸待勞，以己之悠閒攻彼之倉皇也。再如修習內功時，常越是使力，胸腹間越感難過；然而停下不動，任其自然，煩惡之感反而漸消。這「順應自然」便是金庸武藝小說最常見的武學思想，若說是傳承於老莊學說，也無不可。這類例子，在書中多之又多，皆稱得上寓文化於技擊也。

再如習俗上，《神鵰俠侶》前段，武修文迷失於黑夜樹林之中，他怕貓頭鷹數清他的眉毛根數，於是用唾液沾濕眉毛，好教貓頭鷹難以計數。《天龍八部》前段，鍾靈請段譽吃蛇膽炒過的瓜子，段譽先覺辛澀，隨即便似諫果回甘，舌底生津。《笑傲江湖》中祖千秋對令狐冲講論酒器與飲法之種種。《倚天屠龍記》中，胡青牛開了一張救命的藥方給張無忌，乃是「用當歸、遠志、生地、獨活、防風五味藥，二更時以穿山甲為引，急服」。這張藥方其實是以藥物名來喻行動，全然文學之作法；當歸是「該當歸去」，遠志是「志在遠方」，生地和獨活是說如此方有生路、方能獨活，防風則是「須防走漏風聲」，穿山甲是「穿山逃走」而非走谷中大路，二更時急服則是在二更時急速走離。

至於《連城訣》中用唐詩字數來鋪出尋寶路線，《俠客行》中以李白的一首詩來包容一套絕世武功，這在在皆是寓文化於技擊，而將中國人數千年來之生活心得一絲絲滲入武藝小說之中。

這類文化風俗，隨時隨處在金庸小說中流露；這何嘗不是其思想特色？即使不說這些文化風俗事件，只說文字本身，已然是道地的傳統文化風俗。作家寫作品，自有多種表達思想的方式；有人以品味做為其思想，有人謂其思想便是其文體，更有人認為最好的思想乃在於最佳妙的情節。

金庸之書乃綜合之作，其中有品味、有文體、有情節，另外尚有許多其他事物，而總其各樣所有以成其今日之綜合作品的面貌；這綜合面貌乃如一套武藝事料大典，每人顧閱後，各有收取，各有理會。若於金庸書完全沒有收得者，自然不必對此事典再做回顧。至若平素於文體有特別要求之人，或許對金庸之文體產生相當意見，一如對情節、對品味有特別自家看法者，自然會就金庸之情節品味興出某些判斷。然則無論如何，金庸小說仍是綜合作品，讀者若能綜合去讀固好，若就自己偏好去讀，領會上自必不一。這「不一的領會」本也是小說常有的功能效果。

金庸在各處細節上透出的文化見解，有人或謂不是大思想、新思想，甚而不是自家思想；然而在某些人（如已開始回憶往事的老年人）讀來，或在某一情態下（如失戀之時，如刻板的工商忙碌之餘，如教育之不堪充分獲得時）讀來，或許深有所感。

以我為例，我於金庸小說，頗喜一點：書中主角原先有一固定人生追尋，姑稱為「主事」，主事之外，不將他事置於深心。直到某次，遇某蹊蹺，本也不感奇特，卻在偶然間，或天時或地湊或人撞，竟令他感受一大震盪、大興奮；自此茅塞頓開，豁然光朗，凡事一通全通，再也沒有窒礙。有此一遭為提綱，日後各事之處置，皆開始有了張本。人生事何嘗不如此？幼時父母循循而誘，間以打罵；曉事後走學堂，師長口裡教、書裡讀，卻一逕不知如何做人如何做事。直至有一天，或遇大刺激，或受大感嘆，或遭大苦痛，或蒙大變動，便啟發了懵昧深心，開亮了茫茫眼神，多年桎梏，一旦而解。開竅開竅，即是此指。

金庸於此「開竅」隱喻，構想甚妙；人之潛能無限，遇上一項開點，便可走上大大一段途程。往後其餘，還得將心比心，觸類旁通，終可漸至崇境。

又我特於金庸武藝人物之志趣早決、卻致俗累終牽此點備有所感；私忖金庸本人亦必於其治學途中有此喟嘆。然他人讀來，未必如此想。又我於書中常不厭敘及的「渾人抬槓」（如桃谷六仙、包不同、星宿派弟子）一點，聯想到「靜修者常為愚人所煩纏」，旁人未必作如是看。

此皆每人領會之不一也，亦小說光之折射也。

金庸小說雖寓文化於技擊，即打鬥也打出中國人數千年生活理念心得；然這「文化」，讀之再三、思之再三，又是如何一番面貌呢？實則這些文化繁華，已如黃花，雖朝夕相處，竟不覺聞其香矣。穿衣吃飯，有極大講究；高山平溪，有非常看頭；然金庸書中那麼多佳筵，主人翁可有好好吃過一頓飯？景物雖美，何處覓心境以賞？再說觀者讀來，雖知有佳肴好地，卻也不堪投下專心，乃在另有緊迫事情逼生眼前。文化者，好雖好，卻無暇顧及。

這便是金庸書中隱透出的「文化空無感」。人之於文化，已然失了依偎。

天生萬物本可養民，而今人既不受文化滋養，又有何德報可言？無德之世，何啻虛境？便是這一點，不自禁透出佛意。其餘就佛論佛諸點，反而是「云佛何曾佛」了。

第伍章　金庸的寫法

此「寫法」乃本書最後一章也。盼將前數章解之未盡之事於此章得一了斷，而前數章未能一一托載之物，亦求在此覓一下落也。

然而千頭萬緒、紛紜夾雜，不知自何處析起。現下只擬說一點是一點，未必有一套順序系統，只求慢慢將它弄個明白。

此章以金庸小說寫法為主，卻也援用第一第二兩章寫作之例，將武藝小說種種並行而談，此乃既可明武藝小說之通情，又可知金庸著作之特性也。

一、武藝小說是類型作品

武藝小說如同一種約定俗成的遊戲，遊戲中的雙方——看書人與寫書人——早已知道自己面對的是什麼。此遊戲的規則自家人早已了然。外圈人若有興致一玩，必須先行認知此中規則才成。

這些遊戲規則若加以條理化而後詳究，不妨將之當「類型」作品（genre）來討較。類型作品講求該作品之特性，故不同的類型有不同的特性。若以電影為例，西部片有西部片的特性，警匪片有警匪片的特性，歌舞片有歌舞片的特性；每種特性皆有其受人欣賞之處，並且不宜以欣賞此種類型的眼光來觀看另一種類型，而期求相同的趣味效果。故警匪片有警匪片自家類型下的「創作及欣賞觀」，未可以歌舞片的創作欣賞觀來衡量。

當某一類作品成其為一確定的「類型」時，通常，這作品的「真實」（reality）已然受到相當的改動了。否則依然是「尋常」，而不是「類型」云云。例如歌舞片成其為類型時，我人觀賞它便不以觀賞尋常影片之視點來看它，而是將它的歌、它的舞當作重點來放入我人的眼界裡。因此，每一種類型，有其自身的「真實」，有其自身受人欣賞的特有意趣，也就是說，有其自身的創作觀。

有人謂武藝小說不真實，這便如同以象棋的規則行使於圍棋之中，一步也走不通也。武藝小說原來不主張科學世界裡講究的「真實」，它是特別國裡的產物，不是科學國的一員。它只在本國裡通行無礙，原不打算放諸四海求一準。

再說欲求科學之真實，即求之於寫實小說、寫實照片、寫實紀錄電影，亦不能盡合「真實」之義。那種「真實」，大概不能求諸作品，只能到馬路上去找。

武藝小說既有其自家創作欣賞觀，則武藝小說寫得優與劣，當不宜就其他小說之評定方式來論較，須得就武藝小說自身的道德準則來比試，否則，矢的之偏，遠又遠矣。

類型作品皆有其特色，同時亦有其不足。類型作品從不指望面面俱到。西部片不堪有歌舞片所有者，歌舞片亦無法做到西部片所能做到之事。凡世上好事，原沒有樣樣皆得之理。我不要這個，便要那個。既要了這個，只好丟卻那個。

尋常小說已要了許多東西去，武藝小說且讓師兄挑選那些好的，自己偏揀一些怪模怪樣的東西來聊以寄情。前面早已說了，武藝小說是小說世界裡不得已者，做的是一些非常之舉。

「怪模怪樣的東西」一時雖不能面面俱到，焉知日後發展起來不能成為尋常小說這師兄也想覬覦之寶？陳家洛於這「怪模怪樣」說得最是有理：「我輩所作所為，在旁人看來，那一件不是荒唐之極？那一件不是異想天開？」

走筆至此，武藝小說似乎稱得上是一「類型」了；然未必也，武藝小說若想成其為一類型，其條件固不止此。

倘若武藝小說是一類型，那麼，它的類型特色是什麼？以下從創作觀說起。

二、武藝小說這種類型的文學觀

甲、不重寫實

概略言之，武藝小說是重意念而不重細節，講風格而不究實理的。

譬如在人物刻劃方面，主特色之呈露（此特色常含括全人類的通性而使其尖銳突出），不講求個體身心之自然物理展現。在金庸小說中若描述一個女子美，便寥寥幾筆，直說其美，也就顯示了她美。至於她美在何處，是哪一種美（纖弱美、莊嚴美、騷浪美、母性大地美……），俱可不提了。

又武藝小說之描寫，乃是注重事，不注重物；注重情，不注重景。

情節便是所謂的「事」，角色便是所謂的「物」。角色在金庸書中雖也重要，卻緊隨情節而行，金庸並不特意以大片篇幅來詳究某角色之習慣、態勢、形貌及實質變化。

事和物不同之處，又可以這樣講：物是純然客觀，如同一件身邊東西；事則是與主有關，已然附在心上。打個比方，「物」是沒有唸過佛的錫箔，「事」是唸過佛的錫箔。

又以演戲為喻，在戲台上演什麼戲比較要緊，穿什麼戲服倒沒什麼關係。這「戲服」便是物，而「戲情」便是事。

金庸在書中甚少細細描寫背景及環境，倒是背景環境中特出的突物、怪狀、奇樣及蹊蹺，他會使出濃重筆墨去娓娓寫來。這些怪狀蹊蹺便是所謂的「情」，背景及環境便是所謂的「景」。例如山水雖為主人公不斷經過，卻甚少為他們注目，反是山上有一奇穴或林內有羣毒蛇，則文章從此生焉。又旅店、酒館雖是武林羣豪必經之所，卻一點不受人注目；倒是這些店館裡的木造樓梯，由於常要被內功深厚的腳踐踏斷裂，自然要多出些鋒頭了。木造樓梯便是「情」，旅店酒館便如只是字義，而拿來當「景」擺用。

金庸若描寫一場武人的聚會，常會將此會之目的、武人之心態，及會中生發之事故說得詳盡備至，卻對於桌椅之顏色、大夥兒相見之禮數、氣候之晴陰甚少著墨。前者便是所謂的事與情，後者則是物與景。

《倚天屠龍記》中說胡青牛之相貌，只說「神清骨秀」。我人讀來，自不知胡青牛生就什麼臉目，長得多高多矮。並且在讀武藝小說的習慣裡也不會進而想像、進而深究。何也？乃金庸無意令讀者多究胡青牛本身之事，僅令讀者注意情節。「胡青牛」三字僅在情節中提供一句名稱，不是呈現一幅圖像。這份設置，我人可解釋為一種絕對的文學上之作法，而不事電影上或雕刻上或音樂上之兼用。這份設置所遵行的道德觀——將是後節會詳論的——是「單一調的」、「平面的」。

因此，武藝小說的「寫實觀」，只是示人以形狀大略，使之討求其真，而非將「真」置於讀者面前。

倘若真要將「真」實呈出來，亦有所不能也。任何作品，由於篇幅之限、傳達之限，創作人只能宣趣，觀賞人亦僅求會心而已。若要鉅細靡遺、詳盡備至，永遠也做不到。凡世上偉大藝家，其所創作之素材，未必盡合吾人過往經歷，亦未必直指吾人所見之事，若其胸懷得為吾人揣度，其氣度得為吾人佩服，則許多支點細節雖沒為其提及，吾人亦能大約猜出。譬以男女平等之要、專制之害，許多文家皆未有指直而論；然觀其筆觸，度其心意，則此二點亦必包矣。

武藝小說常以吾人心中多年生活後纍纍結就之觀念果實，品嘗咀嚼，吐其子出其核而當另一情態之實貌。此實貌雖非讀者眼下平日之實貌，亦可受人感動也。

武藝小說中人物亦是尋常人物，一如武藝社會亦是尋常社會。所不同者，乃在於兩者皆已「練過功」了。故武藝小說的寫實觀是練過功的寫實觀；正如前面所說，它是誇大後、尖銳化後、化妝後的寫實。武功高強的武人，仍是尋常父母所生。子與父之不同，便在於「寫實」之轉化。

武藝小說雖不重寫實，卻也不是象徵小說、超現實小說、幻想小說，甚至不宜說它是寫意小說。它是另一形態下的寫實小說。

看武藝小說，既不可以真實人間世事來衡比，亦不可以幻象寓言來證意。以真實來看，則不能見其超逸於文字外之深意；以象喻來讀，必不為真情實事感動以至入其究竟、及醒後如歷大千世界而興浩嘆。

雖然我人可把「練功」當成武藝小說中一個極重要的象徵，說它能將人生許多事體或明或暗的喻示出來；然而要注意一點，練功在武藝小說原本就有，它是一樁事實，不僅象徵而已。

乙、設境於古代，託身於歷史

武藝小說講的，概為發生於古時之事。古代是小說故事的背景。讀者看武藝小說，也早就把它當成是看一樁古時之事。將背景放在古代，是武藝小說很重要的一個文學觀。

如果將背景放在現代，是否可以？可以是可以，然那就不成其為「武藝小說」了，就像前頭所說的「缺少氣味」，而成為另一形式下的作品。武藝小說所以要設其場景於古代，乃是和其「練功本質」相為呼應、互成因果的。古代科技機械之發展未臻昌明，故人力之竭盡施使，便構成眾望所歸之一德。練功本質即是在於人力上之努力，若在手槍、飛機充斥的時代中穿插著身負武功之人，這種小說決計不是我人心中堪可認想的武藝小說。

設境於古代，又分兩種作法：一是不言明何朝何代，一是言明某朝某代。

不言明朝代的武藝小說，通常連「從前，在古時候」這類字眼也不寫在書裡；它賴以讓人知道是古代這點，除了書中人物的生活方式，除了讀者原本對武藝小說的印象外，還有一個極為重要的因素，便是文字。

文字是使人對於情境掌握的最基本要素。如同傘兵被空投至一不知名山谷，惟有從山裡農夫的口音來掌握對這地域的猜測。

小說不表明朝代，這種作法，透露出幾種情形：一、人物不被確定生在哪個時節，只知似乎從前有這麼一個人。二、他處於哪個典章制度下，以及他穿戴何樣服帽並不重要，只知他是做古事、著古裝便是了。

表明朝代背景的小說，則顯示如下的情形：一、人物確在某一時代，這形成他在歷史上確有其人。如郭靖是南宋時人，韋小寶是清朝康熙時人。二、也於是郭靖與韋小寶所作所遇，應該全合於南宋與清朝時代之事。

通常不表明朝代的小說，似可比較自由，如同科幻小說不說明是發生在公元何年，甚至不說明發生在哪個星球、哪種人類之上。但它也同時少了許多可以援引的歷史實跡。少了實在事跡，往往給有些讀者一種不願採信、無由依循的感受。甚至有些讀者對「不真實」的事體表示拒絕感動。

表明朝代的小說，照理說，許多事物皆有了依據，並且有了古時的素材做為豐飾，應該可以彌補前述小說的缺失才是。然則個中問題仍不僅是如此單純而已。

先說讀者對於「寫實感受」的問題。

是否武藝小說有了真實歷史背景，讀者便比較能認可？比較會為其所感？又是否沒有歷史背景的武藝小說便不被讀者所深心相許？

真真未必也。「讀者」又意味著什麼呢？讀者所要求的「真實」是一團模糊的東西，是一件他自己也說不上來的物事。

前面說到類型作品的真實，是改動過的真實；即使那些標榜寫實的作品，亦不能盡呈真實，只求差幾近之，只是一個概構。

因此，武藝小說——無論有或沒有真實背景——並不在「寫實」上設法博取讀者對它的興趣及重視。

小說一旦涉及史事，便隱然有將小說所述種種往真實上去秤衡之勢；這便是欲放棄小說自有之真實，而追求小說以外之真實也。

然則歷史便是真實乎？

通常，以歷史來呈現吾人過往活動，僅能致其犖犖大者，而我人讀史時所興感嘆，亦在乎自身的想像；乃在歷史所敘不過簡短斷章，人生之所有不堪盡載。

歷史究竟是什麼？而小說藝術究竟又是什麼呢？

歷史者，不斷之投資也，盼有朝一日能總而收穫，然那一日總是無限期的順延。藝術者，今日有酒今日醉也，不故示回顧與前瞻。故歷史重研求、貴索隱，而藝術主頓悟。歷史可因循，藝術無需承襲也。

歷史乃依時推發，藝術可瞬間齊生。歷史不避良窳，好惡兼容，是佛光普照。藝術自己盼成一個佳處，但求去蕪存菁，是迴光返照。

歷史是「人事有代謝，往來成古今」，藝術是「羊公碑字在，讀罷淚沾襟」。

武藝小說中有關脈穴、內力、拳招、刀法等描寫，是其小說本身洞天中的「真實」，這是自家特產；而歷史則是舶來品，是「外來和尚」。外來和尚所唸經文若為讀者樂於聽取，則自家經文或有不足之虞。

小說家以其一字一句為一磚一牆，殷殷建造其理念之國。於現實之眼下世界不敢存託付意之作家，自不願將現今世人常掛口舌之字句，輕移於修築齊整之理念國裡。甚而以其所創乃無中生有之境，猶須不避艱辛而使上無中生有之字——自創另境，自鑄新詞，古今中外，亦曾有得——至若既現親手難觸之恍惚昔境，則必使古遠朦茫之字。

文字與其國度之關聯重要既知，便可明欲造就何種模樣之國，當必覓何種模樣之字。

金庸既現古時歷史情境，便自然而然使用那史筆概記之文字。

文字之事，稍後還會再詳，眼下仍只商榷歷史援用的問題。

曹雪芹謂：「歷來野史的朝代，無非假借漢唐的名色，莫如我石頭所記，不借此套，只按自己的事體情理，反倒新鮮別致。」

真實為眾人所共有，歷史亦為眾人所共有，小說既是著書者孑身一人以己意孤心搜求文字而建成之理念國，此國之法度體制自無意以外邦之例作衡，亦不願由外人料理自家事也。小說作者有如國王，那絡繹得覽此書的眾多讀者則如國中各部理政人員，兩者齊心合力步步措施此一理念國也。

金庸小說除《笑傲江湖》、《俠客行》外，餘皆言及歷史。書中武功等之描寫，固其新鮮別致的自家事體，而書中於人物事況之呈露，卻取材於歷史；似這樣一個理念國，自難避免他人以外邦之例作衡矣。

援用歷史固有其方便之處，一如前面所述；而援用歷史之不便及不必，亦已然可獲明瞭。兩者權衡之下，金庸仍大抵採取援用歷史一策，此可見金庸於這兩不得全之真實觀下所暫且偏採之途徑。同時我人或也由此可說金庸小說創作觀之第一重點，當不在於「真實觀」、「境地建造」、「理念國」云云，而在於某種別樣物事。

再次申明，此處種種全然不涉及優劣之議；須知類型作品原不能面面俱到，某一面的特別突出，與某一面的稍加擱抑，皆是類型作品必會遭遇到的有限作法。

丙、史筆概記的文字

倘若以我為例，金庸小說最最引起我興趣之處，端在文字。我讀金庸文字以求其旨，大約一如有人讀其情節以求其旨。對我而言，金庸的文字方為其思想。故事是他的言教，文字是他的身教。

單看金庸文字，平易順暢，卻不俗薄浮動，每一句恰如其分，不肥不瘦；造句鑲詞頗精確洗練，幾難令人易其一字。雖然若就整個大骨架看來（如就情節上看或就敘述上看），許多解說句段或許未必合宜，甚而有可刪之處。

金庸文字的起與承、上接與下行，自有一股優雅柔適的態勢，有其篤定的旋律，閱者於眼下收來，感到極其親和，頗願隨之前往。

至於前而往之，竟是向何處去呢？這便是一大斟酌點。文字行了一陣，總不時遇上突兀所在。便需使這突兀不致壞了文字本願，卻又能令這突兀的其餘好處猶得保存，即算是寫書了。

突兀是什麼？包括不同長短搭配的另一羣文字、不同調性的標點符號、陌生的新來意圖、驚人的爆發情節等。

突兀過了一個，有一稍平。繼而又生突兀。總要到書至尾盡，突兀才算全數擺平。突兀便如同文字的考驗關卡，但看文字怎麼與它打成協調的交道。及於此，又想到：文字是作者所發，突兀又是作者所設；作者於弔詭寫作人生裡，時而左右互擊，時而左右相合，起起伏伏，高來低去，總要將這一切安出個定境，似乎才得心下稍寧。寫作藝術或許便是如此。

突兀既要在書終方得擺平，那麼，究竟是何樣物事使得一本書推進至書終？

必然是那稱做「立意」的物事。

一本以文字做為立意的書，自是無所謂「終結」，亦無所謂「起頭」。它可在書的任何一處中途來做為它的開始，也可在書的任何一處中途做為它的結束。它不受別樣東西來立意，只受自己立意。

倘若文字要受別的物事來推進，直到終點才得休停，這種情況下，文字說不得在書中要疲於奔命一番。

金庸武藝小說的立意，當然，不在文字。至於在什麼，盼在後面慢慢尋索，現下先說「史筆概記」這種文字風格。

綜合前面在「不重寫實」一節中所提的重意念不重細節、講風格不究實理、主特色之呈露不主科學之合理，以及注重事注重情不注重物不注重景，這些種種特色，而形之於文字之上，便形成了我所謂的「史筆概記」之風格。

「概記」二字，是說其作法乃一筆總抹，令其形似意及便可。這作法造成一種遙遠、不明、不確然的「約略之態」。同時，常會用上許多成言固語。例如說「美艷不可方物」，令人猶然不能確切理解其美艷是如何一種美艷；這使得讀者在遍讀金庸十多部書裡幾百個人物之後仍不能得知他們是何相貌。當然，愈無從得其確切相貌，愈可自作想像。這是文字特有的一種表現形式，與攝影的特質不同。籠統的舉一例子來說，「堅貞」可比做文字的表現法，「雪中梅花」則如同照相之表現法。

「史筆」二字，是說其記錄方式。將眾多武人的所有「懺悔過程」記錄下來，並且將各項武藝事態如事料大典般的記錄下來。且舉一例說明。金庸提到書中人名，必連名帶姓而出，不會只提名不提姓；像「常遇春站起身來，將張無忌負在背上」這段文字，不會寫成「遇春站起身來，將無忌負在背上」。這和有些作家只提名不提姓的作法不同。那些只提名不提姓的作家大概為圖省卻字數，以姓氏為不甚必需之物，致有此舉。但這造成一種如同作者和筆下人物親暱相熟的讀後效果。金庸所以不厭繁複仍然連名帶姓寫來，必有其自家見解。便是：以史筆將武人之總行狀作一記錄。

須知金庸書中人物何其之多，人物出場後在場上的時間又何其之久，要能一逕不略提其名，若非有另一要求凌壓其上，實可能令作者生出異心，嘗試省略。

這凌壓於上的要求，便是「敘事之公平」了。亦即：先求交代事體周全詳盡，而後才顧及美感等事。

人物姓名之多次提及，就小說之整體進行而言，是不美的、不合藝術的，但為了這敘事上公平周全，於是只好陳事重於陳美了。

便因這種「史筆概記」的文字，使得許多讀者讀金庸小說，感覺其用字和另外一些小說的用字是顯著的不同。比較之下，會對金庸的文字產生「古風」的印象。

這裡講的「史筆」，主要言其記錄，並非講其描述歷史；因為金庸雖援用歷史，卻使之附屬於其小說之下，小說是主，歷史是僕。也於是楊過得以殺了蒙哥，韋小寶得以欺凌吳三桂。

金庸的文字，既有文言簡潔而意在字外之優，又有白話平易而陳事明確之長，兩者經過匠心的溶合後，致使他寫長篇大書得以如此耐看。

丁、固定工具的使用

金庸的描寫既為史錄式的概寫法，故而許多事情的描繪，皆用上固定字眼。

在描繪人物情態上——說到羞愧，總是「臉上一紅」。說到震驚，總是「全身一震，跳了起來」。說到懼怕，便「打了個冷戰」。說到氣勢偉壯，屹立不動，便「淵停嶽峙」。說到凝於處境，便「形格勢禁」。說到肌肉結實，必是「盤根虯結」。

在描繪人物說話上——常「笑道」、「點頭道」、「皺眉道」、「哽咽道」、「凜然道」、「朗聲說道」、「低聲道」、「正色道」、「尖聲道」等等。

在描繪武功打鬥上——常「鼻樑中拳，鼻血長流」、「功力深厚，震得虎口隱隱生疼欲裂」。

以上所舉，便是固定字眼之例。

何以固定字眼恁多？乃因有固定事態也。譬似一個家庭總是烹調固定菜肴，乃因這家人有固定的口味便是。固定事態便是指金庸小說中之事件、人情、變化狀況等總不外如此一套也。其小說轉來繞去，仍隱隱有「萬變不離其宗」之寫作意旨也。

拈用固定字眼，照說應不是智舉，並讓人感到新意不足；甚至有的讀者還會為了「打了個冷戰」、「全身一震，跳了起來」來詬病這情態描寫很難與實相符。然而事實上讀慣了武藝小說的讀者，似乎並不以此為忤，他們通常瀏覽書頁字行極快極速，對「笑道」或「冷笑道」這類字眼，一瞬即過，在腦筋裡只閃了一閃印象，便又往下奔去了。

奔往何處？奔往故事之發展也。

文學家總希望能使上不相同的文字，以求避免重複。若不得已要使上相同的文字，必是因為情節相同之故。若要改變重複之文字，必先改變重複之情節。如今情節未改，便顯示情節之受作者重視乃在文字之上。嗟乎，奈何情節恁苛，令文字如此勞頓？

此處所說的「情節」，是指小的事件，如「鼻樑中拳」一類。大的故事性之類情節，後面還會講到。

拈用固定字眼，雖然有其不智之處，卻也有其富意念之處。一來固定字眼往往比較精簡，如「凜然道」，如「淵停嶽峙」，以精簡字而得取讀者立時之理會，是其方便之處。二來固定字眼可以充分呈顯該種類型的特色。特殊的類型總有其特殊的利具。請以平劇為例。

平劇是類型藝術，自有其獨特手段，故而什麼臉譜是什麼意指，什麼感情做什麼動作，何時吊毛，何時倒殭屍，在在皆有一套安置。然這也是「有限」的類型表現法中不得已之行事；乃在平劇只有一個台子，這台子需負擔千百件故事，伶角亦是活人，耳口手腳的氣力有限；以伶人表演於舞台上，只能於有限中，盡其所有，表現無限。

武藝小說是類型作品，它的有限表現法自不在少。似這些固定字眼之使用，便成為它這種類型的一件風格。「風格」二字，本含有「限制」之意。又我人常說某人「風格如何如何」，便已然將他的優點缺點盡皆含括了進去。

除開「固定字眼」外，尚有另外的固定工具，如固定的敘述法、固定的主題，甚至還有固定的情節等。以平劇為例，其主題中常有的「披袍秉笏」、「忠臣孝子」等意旨，便是援用固定。而武藝小說以「俠義」為固定主題，更是明顯例子。

且看一個「固定敘述法」的例子。

殷天正、鐵冠道人、說不得等人不約而同的一齊叫了出來：「這是移禍江東的毒計！」（《倚天屠龍記》頁九四九）

似這樣「一齊叫了出來」，若究之事實，可說極難有此可能，於是這「一齊」云云，乃指他們心中皆有此想，卻不是嘴裡吐出相同的話。然而何以如此寫呢？乃擺明這引號中的言語並非實態之敘描，而是意傳也。這也隱隱透顯一點：不畏讀者對「寫實」之質詢，只一意以為讀者自可理會也。

因此，金庸武藝小說中引號裡的話語，皆不需當它是真人生活裡的口說對白，僅需視之為全然眼觀下的文字；它們只傳達意思，不傳達腔調、聲量、情態等立體物事。這些立體物事若有，是讀者於想像中自家揣摩而得的彷彿之物，並不是作者主要的著筆之處。

這種寫法形成的寫實觀，與某種將每一式情態皆細細刻繪的寫實觀不同。

當然，金庸這種寫法，在有些相同寫作觀的作家筆下，或許會將對白減至最低；盡量不寫對白，只重敘述。中國古時行文不用標點，亦不多用對白；即使用對白，也似乎不像人物真去開口說話，而只像是幫敘述者敘述，如同用人物的口來說全知者的話一般。

至於「固定情節」之例，在金庸書中也是有的，即如前面所說的人物的「為情所苦」、「為人願死」等是。

大抵而言，金庸於情節之構思及推展，應無意令其固定，反企求變中再變；即使如此，卻也不時呈露出「固定」這件特色。

「固定工具」之使用，有時未必只求利便，亦未必只求表現特色；它有時還為了達到其絕對性，達到其原型之用。

例如用「沉吟道」三字來描繪某一說話神態，經過多次的斟酌，終決定惟有用這三字最為合宜，又最為精確簡練，此時，便是所謂的「達到絕對性」。

「達到原型之用」，如「為情所苦」這件情節，常是苦於意中人心繫別人；似這樣一種「為情所苦」，它所以被金庸前仆後繼的常加用來，便在於它如同是愛情中的一件「原型」（archetype）。也即是：愛情故事固然多而富變，然在金庸武藝小說的意趣中，這些多變的愛情各貌不是主要事，倒是「為情所苦」這件原型，是可以不避常提的。

職是之故，固定工具乃是類型作品為了保持並發揚它的特有意趣，才設計及濾選出一些濃縮的如「符號」之類物事。從固定工具之使用中，可以看出該種類型作品的藝術理論。武藝小說在類型評估下一如平劇；冥冥中有其藝術理論存焉。而理論本身之取捨偏好，固有其特殊之處；例如平劇即非偏取其主題以為其類型之重要意趣，故觀看平劇當無需就主題特加索究興味也。

固定工具一詞，並非意味著任何材具將之固定的使用、重複經常的使用，便成其為「固定工具」。「固定工具」也有好壞之分。其好與壞之鑑定，便在於前面所說的精練確切、獨特絕對等質素。曉乎此，壞的固定工具便不能算是「固定工具」。

戊、在敘述時作者與讀者不避互見

金庸小說中，常進行一樁情節至某一重要處時，忽地煞住，不往下寫完解盡，又去進行別件事情之敘述；而這處未解之情，將在後面再行呈現。如《神鵰俠侶》中楊過正要被郭芙一刀砍下時，書文便此打住，換敘另事，直到後文才令觀者得知楊過竟已少了一臂。

這種寫法，與某一場戲將完、需得另換一場之寫法是不同的；後者常習以「一夜無話」或「兩人自此情濃愛切，自不必表，且說」來轉換場景，此乃是一場之結束，必得再接下一場，可稱為自然順序的承接。前者則是對自然秩序之重新再組。後者是陳演性的，前者是安排性的。後者是客體形勢如此的，前者則是主體意欲如此的。

又如同我人看電影，畫面中有兩人在屋內說話，說到某一要緊事時，甲湊身過去在乙的耳旁輕聲說：「……如此……如此。」觀眾看來若覺奇怪，會想：適才你們二人說話的音量正常，這時幹嘛如此？屋內本只你們二人，即使是秘密，也沒旁人得聞啊！這例子也同前述一般，由客體陳演一霎時轉為主體提示。當這二人說悄悄話時，正如導演在此刻提示觀眾：「現下且不忙知道這個秘密，後頭等著瞧。」這個秘密不是他們二人不講，是導演叫他們不講的。

在《倚天屠龍記》第四三九頁中：

常遇春於是將如何保護周子旺的兒子逃命，如何為蒙古官兵追捕而得張三丰相救等情一一說了。

照理，前面胡青牛問，常遇春皆答，但他卻不是用言語答，而是作者提示讀者他如何將這番話說畢傳到。也即是：原本讀者正在注意書中二人客體的對話，此刻作者卻一下闖了進來，將這客體形勢轉變為主體之提示。又譬如路邊有兩人在大聲爭吵，路人皆停下來旁觀，觀看了一陣，這兩人突然息口，站在那廂不動，卻有另一路人跳進場去，向旁觀眾人說：「他們是如何……如何。」說畢又跳開，這兩人又繼續爭吵，而路人再繼續旁觀。

這種情形好似這兩人之爭吵是在幕前，但卻由那個後來跳進場去的人在幕後編派；旁觀路人在看時，只是在幕前看，並不知幕後情形。結果那人一跳出來說話，旁觀者自此方知尚有幕後。

這種交代事體之法，便隱隱有讓讀者介入幕後之意。這種寫法，是一種什麼意趣呢？便是不避作者與讀者之互見也。一如說書人在館子裡與聽書人一地相見也。這種「兩不相避」寫法的小說，近時已漸不多用矣；近時對於小說之要求，似常在於完全令讀者在陌生之客位上去看一件新鮮事之生於眼前。

己、單一調的美感要求

「兩不相避」的寫法，是打開天窗說亮話的寫法。沒有一件事不可以明言，而明言之後又不怕讀者失卻對曖昧這份魅力的攝取。

新派之呈現客體的寫法，可以引讀者自己進入陌生、新鮮、未知之境地，而感受一種驚奇訝異的樂趣，終至獲得一份原先未可預期之魅力。

「呈現客體」的作品，好用隱喻、烘托，常迂迴呈顯實體現象令觀者身歷其境自獲感受。「兩不相避」的作品，好用明喻、直陳，常將某一現象不言本只言用的表達出來令觀者理會。

「呈現客體」的寫法，所要求之魅力，概為陌生之新。「兩不相避」所要者，概為常新之新。兩者之魅力所在不同。舉以籠統例子來說，觀電影常為追索陌生之新，故觀賞前不宜先閱本事說明書；觀平劇則求品賞常新之新，演至中途進場以及一戲看過多次，仍常興味盎然。

若以西洋繪畫及音樂擬之於「呈現客體」的作品，以中國繪畫及平劇擬之於「兩不相避」的作品，則或可得下列之大略說法：

西洋繪畫講求光影烘托、層次景深、立體透視等事，西洋音樂也講求高低音之間層相配、前後對和等事。中國繪畫講求明白呈現平面之景，不特作烘托，也不深究立體透視；中國的平劇，其角色大多需吊嗓子演唱，音色以窄高、空淨、清越為其德，不以「低音」（bass）轉其音域使之深厚，為美感要求。

故歸納而後可說，前者的美感要求是立體的、多重調的、相對的；後者的美感要求是平面的、單一調的（mono）、絕對的。

單一調的作品，表面看來，雖沒有多重調的作品來得富變化、富追索之深廣層次，卻也未必沒有它特優之處。其特優之處，若得簡言以蔽，便是其每一單個獨立體盡皆完美、永恆、絕對，而合之而成一件不厭不懈的雋永作品。以中國繪畫言，一幅不著色的平沙短橋圖，它以簡單、平板之外貌竟能立其千古之雋永或也未可知，何以然？除開意境、胸懷等道德觀外，畫上的每一筆劃、每一結合皆可能達臻完美絕對，而不可以他物代，以致可令人百品不厭，常加尋味。

單一調的藝術觀，亦可由中國書法帖中的「集字」得明。「集字」自應集那書寫完好之字，集而合之，而後拓之，更能感到每一字皆是距離更遠，卻更是站得峻立，神挺氣聳，也因此更雋永耐看。至於整體看去，全頁上的字何嘗不連貫？

中國建築亦是由許多單個獨立體集合而成。每一單個獨立體皆自成天地。如一個四合院的大宅子裡，有許多自具屋頂牆壁、自具固定朝向的房子，這每一房子便是一單個獨立體。這單個獨立體乍看似乎呆板，合數十座單個獨立體照說會有「放大呆板」的可能，然而卻未必如此，鳥瞰或遠望一個工整的四合院，往往極其耐看、極其精雅而又極其壯觀。

在文字上言，字字各個完善獨立，句句各個完善獨立，段段各個完善獨立，而字與字之間又能意念相連，句與句、段與段又能綿續成章，這才是最高的文學之美。這種此字無意為彼字附庸，此句不願為彼句作嫁的文學觀，其實是古意；拿早期的藝術與晚近作品一比，可看出這顯著的特色。

金庸小說雖然含括許多手法設置，是一綜合作品，卻在行文中依然透露出有稟承單一調的藝術觀之況味。

若非對金庸文字有特別的興趣、有特別的注意，通常一個讀者於金庸小說的主要印象，會是情節及人物占著最大部分。也正因為情節及人物先坐上重要交椅，金庸的文字即使要維持本願，要達到單一調的美感要求，也已然不能純粹得之，更何況「單一調」只是金庸行文中幾乎近似之況，尚有「多重調」也是金庸小說中不時施使之技法。也於是我有金庸小說是綜合作品之說。

我讀一部書，自由文字開始；開卷幾十個字往往便能引我決定是否要走入那片情境。故引我入情境者，是文字，而非情節。我人讀《聊齋》，篇首寥寥十來字便能將氣氛、色調滲發出來，而情節尚不知在幾遠之處。我嘗想讀一本盡是柔適文字的大書，書中不涉任何所謂的情節，書行極為雅暢泰然，而文字中自有其漸高漸低、豐富變化，書至尾終，仍令人盼望此書永不歇止。雖然此書有讀完之時，卻可令人隨時自中翻開一頁，又津津讀起，其中所見竟又在在感到新奇不疲。這樣的書，近時似無人寫，即求之於遊記一類書，也竟然突兀重重，充斥著如同情節一般的聳人耳目之事件，柔適一詞完全不可得矣。我近時觀看電影，亦有此傾向，故風景地理之紀錄片常較恩怨衝突之劇情片更為合我暫時興味。然有些風景紀錄片故加上柔美音樂以求折人，則又弄成另一義了。

金庸文字的潛力，即證諸當前所謂正統文學，亦未有遜色。其實「正統文學」何有哉？原本沒有。便因金庸文字潛蘊豐富，非可等閒，此我所以不避囉唣寫下眾多拉雜的以上種種。

三、金庸的情節

情節是金庸小說最主要的立意。金庸洋洋千萬言的小說中，其表面最大的變化，是情節。情節使得這麼許多的文字相聚一堂，產生如此親密的關係。由於情節，讀者跋涉這千萬言文字旅途竟然不感繁重，反樂於愈攀愈高，不達終點不願停。然抵至終點後，途中細瑣種種已然不堪記憶。確然，文字總被忘記，而情節常存心中。文字頂多如一舉手一投足，情節卻似大喜大悲。文字是過眼煙雲，情節是斧痕銘心。

為什麼人對情節有這麼大的注力？有這麼大的感想？乃在於人在生命中某些經驗會因情節而促發重大的共鳴。也於是一樁情節若能令人刻骨銘心的感受上身，必是一件人所關注的緊要事體。

那麼，情節是什麼？

當然，情節是一種事體（matter）。但它不是事體的自然面，而是事體的人文面。可以說它是事體的重心（the heart of the matter）。也即是說，倘若情節只是一件事，那就不需稱它作「情節」，僅稱它作「事」就成了；便因為情節是有因由的事，所以才叫它作「情節」。《倚天屠龍記》卷首，郭襄在少室山道上獨行，看見一個和尚；這「看見一個和尚」，是一件「事」，因它平淡無奇；但「看見一個挑著兩只裝滿水的鐵桶的和尚」則已有「情節」的意味了。果然這鐵桶之事有其因由，而郭襄於這鐵桶情節感到興味，一如讀者一向面對情節一般，會往下探索個明白。

情節要引人入意，常在於它的出奇之處。因為人是好奇的動物。也就為了事態的出奇，人才會對它感到深刻的印象、感到不容忘懷的記憶。在平常小說中看見一個和尚，或許已然相當具有印象，但在金庸小說中看見一個和尚，卻不致構成什麼不得了的情節，故而才需編派上鐵桶、編派上受罰、編派上遺失經文等種種因由，成其所謂的情節。

武藝小說的情節所以令人特別全神貫注，其中一個原因是，武藝小說常編派性命交關的情節。致命的事體通常不由得人不注目。一羣人坐在巴士上若遇上車外有火災或車禍或毆打，總會探頭出窗去望。

金庸的情節，大抵來說，是由外在的遭遇所造就的。與描述一件平定的事或一個安坐家中的人的書，兩者情形不同。後者往往以平淡事體的內部張力或甚至以上樓下樓、伸足托腮等尋常瑣事做為其情節。說來有趣，傳統的分類法竟還因此將前者歸類為小說，將後者歸類為散文。正因為金庸的小說有許多外在的邂逅，故而他的人物會有我在前章說的「少有隱私」之現象。

人的瑣事及人的隱私，通常不會構成大的激盪，所以武藝小說通常不以此做為其情節重點。武藝小說這種類型要求的德，是越是奇。不越不奇，武藝小說便無由成其意趣。

既然以不斷的邂逅造成情節的層層興生，於是金庸的人物隨時會撞上事端；並且這事端為了引起主人翁及讀者的全神貫注，必須頗為出奇、頗具致命性。因此，人物的忙於外務、制於旁人便成為自然而然的了。

武藝小說既然多事涉及武打——或說涉及爭執，乃因即使男女之間不講武說打，亦常有相似之爭執——於是人物的邂逅往往關乎武打。這自是武藝小說在情節上的類型特色，一如「無聲不歌，無動不舞」是平劇的類型特色一般。因此，武功之描述應運而生，而善惡正邪之對立亦由此而作。當然，換一個方式說亦是可能，即：人物的善惡心、人物的好爭鬥、人物的忙於外務等造成情節緊湊出奇之今貌。

且舉幾個情節的實例，來看看個中變化於我人之意會。

《神鵰俠侶》一開場，以歐陽修一闋〈蝶戀花〉詞點出先聲，其中「芳心只共絲爭亂」、「不見來時伴」、「離愁引著江南岸」等句，似幽幽透出一股愛情中的挫抑之意。然讀者閱來，未必當它是情節來待。總要到「歌聲傳入湖邊一個道姑耳中」，讀者方稍有旅途中微頓之感，而略加注意。當看到「青袍長鬚的老者」時，也是稍有注意便即停歇。這樣一逕往下看去，直看到鬚髮蓬鬆的怪客說：「跟我來。」而陸無雙與程英跟著去時，這就構成「情節」了。在這怪客發出這「跟我來」作為之前，其他種種只是意象，不是情節，如同旅途中的通景。

讀者讀《神鵰》至稍後，便知這怪客乃武三通，而道姑是李莫愁，而兩人皆與陸展元、何沅君夫婦有事情上的關係，於是構成了這種種情節。再往後看，原來這情節猶不是書中最重要的大事，它與書題《神鵰俠侶》也不合，李莫愁在嘉興的行為，只是要牽帶出一個叫楊過的少年。楊過出場後，鏡頭就只好跟著他。楊過上終南山，攝影機只好搬上終南山。楊過進活死人墓，觀眾的眼睛只好看到那墳墓中的道具擺設。但攝影機所以不辭勞苦出海赴桃花島，登峯上終南山，為了何故？便因為情節之故。情節使得讀者對桃花島終南山活死人墓不感繁遠枯燥而一逕往下探去。

這其中有些什麼情節？「楊過乃楊康之子」是一情節，讀過《射鵰》之人自知。「楊過天性叛逆」是一情節，這使讀者對他有探索的興趣。「郭靖關懷他，送他赴終南山學藝」是一情節，這使得讀者想知道他有什麼遭遇。「楊過在趙志敬門下吃了不少苦頭」也是一情節，這使得讀者會想：後來呢？他會怎麼樣？凡此等等，這其中情節多之又多，盡皆使得這書必須往下行去。

《笑傲江湖》一書以福州福威鏢局遭難開端，引出原本少不更事的林平之涉足江湖。後拜華山派岳不羣為師，與師父女兒岳靈珊交好。又林平之得與劉正風金盆洗手前後，書中以他的視點見到武林羣豪的眾生相，其中最要者，乃令狐冲的一些江湖狂野之舉（與田伯光、儀琳同桌而飲等事）。令狐冲是名門正派的大弟子，卻如同一個不歸家的野小子；林平之是新入門的末徒，卻斯文有禮，既肖其師「君子劍」，又順師父獨女之意。這些對比的情節，便已把《笑》書的主題微微點出矣。

自然，欲不拘禮教、不畏人言、放浪天涯、笑傲江湖，卻也不是那麼便當，劉正風便因運氣不夠，終至為武林千夫所指，逼於絕地，自戕而死。書首劉氏之死，即遙遙點出令狐冲往後在江湖上欲笑欲傲之艱苦前途矣。是而此書乃自由與規範爭鬥之著，亦個體與羣眾拉鋸之作。

「金盆洗手」一節，引出眾多名門正派師徒魚貫登場，而藉眾人耳目批判那有「岔斜」可能之令狐冲。此乃正邪對比之首段描述。將正派中自由之不可得，先聲點出。正派人士與魔教徒眾於涼亭中圍戰向問天一節，亦以羣眾觀點批判向問天之離叛，而將邪派中自由之不可得，遙遙往前段呼應。

舉《神鵰》與《笑傲》兩個例子，便為了先以前者約略說明情節之編設推展大概，再以後者說明合許多小情節來貫串成大題旨之略況。

當然，金庸小說是一綜合作品，並不是就一「母題」（motive）來選取相關之情節、意象，甚至敘述方式而統一貫串他的一部書的。金庸書中有許多旁枝，而這旁枝又令人很感強烈印象，便好比母題一般。故金庸小說無所謂母題。舉例來說，《神鵰》假若以「愛情之多波多難，男女之相愛相守之不易」為一母題（如同音樂上一段最基本的動機曲），再以「禮法之拘人自由真情」、「命運之違逆人意」、「世途之艱險」等節作為配合母題進行的諸多和聲上的相應素材，如此貫串的進行下來，便成其為一講求主題的作品。然而金庸小說不算是如此；若是如此，則許多與一貫題意不合之素材勢必裁剪或改造。像《神鵰》若以「愛情之挫抑」為母題，則金輪法王、襄陽大戰、西山一窟鬼、萬獸山莊史家兄弟等諸多音符，皆不是必要的對應於母題之物，勢必捨剪變更。

再以電影為例，電影常在乎一脈絡單貫之戲劇動作，間以主客相關素材，循循發展，若即若離，乃竟其事。並且一切概以印象風格為重。金庸小說如同眾多武藝事體間雜一道的紛紜紀錄，與那牽一髮動全身的戲劇動作之電影表現法相當不同。也因此金庸小說難以改編成固定長度之電影。若要剪裁以求適應電影之映象風格，往往繁華富麗景觀必多揚棄。又金庸武藝書所述乃古時之事，以文字擬之現於人眼，可極盡想像；形之膠片，古色舊香、神功絕技，現階段何以臻之？

電影電視業者所以仍殷殷樂於將金庸小說搬上銀幕螢光幕，在於其情節也。

金庸小說不以主題來造就讀者對該書之興味，乃在於讀者若知《神鵰》之主題為「愛情難順人意，絕對真情之可貴」時，亦不如何也。倒是金庸書中隨處生發的情節，反讓人津津樂顧，可時時得有品嘗。

金庸在一部書中雖不用一個基要的大主題，又不用戲劇動作來一貫推展，但仍然有幾個如同次要的主題，這可以在前章「思想特色」中得明。尤其是「寓文化於技擊」一點，可看出金庸對待這點之重視，未必下於主題。再舉《笑傲江湖》為例。

《笑傲》一書說盡了權勢之你爭我奪。書中於象徵之用，也常不離權勢二字。東方不敗位極至尊，武功出神入化；然而他能獲得這些，全憑自宮「去勢」。此「勢」何嘗不是彼「勢」？《笑》書於權勢之有無這種因果扭轉關係，說得甚妙。田伯光原先仗「勢」凌人，為禍婦女，終給不戒和尚斬去半截，再也不得施其淫威。林平之父母遭人殺害，自己卻武功不如人，他為獲得特殊能力，遂其報仇心志，終也是去勢以換另一勢。

又林平之家傳有「辟邪劍法」，辟邪便是匡正，學辟邪劍法，首須「引刀自宮」，好似「性」這樣東西不是正物，必須割除根絕，才能辦正事、才能成大功。雖名「辟邪」，其實趨邪，故林遠圖這命名之法，在於「惡人先告狀」。自家有錯，歸咎旁人。這種作法，便成了「此地無銀三百兩」。

以辟邪劍法引起武林驚動，穿插正邪兩派對抗，而將「正以反之，反以正之」這種暗喻周旋使出，是金庸在《笑傲》中所用筆法大概。

於是「云正未必正」、「言邪何曾邪」之情節，便不時的會在書行途中現出。

在靈龜閣中，令狐冲與任盈盈被綁。仇松年因張夫人欲解任盈盈綁縛，和她動手打了起來。

游迅笑道：「別打，別打，有話慢慢商量。」拿著摺扇，走近相勸。仇松年喝道：「滾開，別礙手礙腳！」游迅笑道：「是，是！」轉過身來，突然間右手一抖，張夫人一聲慘呼，游迅手中那柄鋼骨摺扇已從她喉頭插入。游迅笑道：「大家自己人，我勸你別動刀子，你一定不聽，那不是太不講義氣了嗎？」摺扇一抽，張夫人喉頭鮮血疾噴出來。（頁一五六一）

在嵩山絕頂羣豪商議併派時——

岳不羣續道：「因此在下深覺武林中的宗派門戶，分不如合。……在下常想，倘若武林之中並無門戶宗派之別，天下一家，人人皆如同胞手足……」他這番話中充滿了悲天憫人之情，極大多數人都不禁點頭。有人低聲說道：「華山岳不羣人稱『君子劍』，果然名不虛傳，深具仁者之心。」（頁一三二七至一三二八）

以上引兩段書文，仍是「言正實邪」之例。

《笑傲江湖》一書於「個體與社會」、「自由與體制」、「善與惡」、「正與邪」、「名與實」等對比題意之照顧，可說已然用了頗多相關意象，然仍不是前述「以母題牽戲劇動作來推動全書旋律」之作。乃因《笑》書之旁枝仍極紛紜，仍極令人視為重要印象。

金庸小說乃綜合事典紀錄，前面原也說過；各人各取所喜便是。有人於某一突出題意深感會心，也有人於一則前人視為不重要的插科打諢備感興味，兩種情形皆是有的。

大體說來，金庸的情節雖多雖繁，卻仍受眾多讀者之歡迎，甚至耐人咀嚼；乃在於金庸於世事人情頗富洞察、極具見地。與不少武藝小說家相較之下，金庸有一份高明成熟的選擇力，致使他的情節不致鄙薄荒亂。一個作家的寫書工作，本就是在每一處書行途中做出明智的抉擇。一個好的作家，自然是一個好的選擇家。

從一個小說家在情節的取捨品味上，可以窺其藝術向度，也可以覘其思想偏重。除開本文與前文已經講到的種種外，讓我們再來看看金庸如何構築他的情節。

金庸情節的構築方式，是一件加上一件，一圈之外又有一圍，重重層層，繁繁密密；這種方法，是算術級數的構築法，而不是幾何級數的構築法。這造成倚多為富的情形，不是以單為足的狀況。這或許和每天連載短短一段的寫作條件有關。但這構築法本身原也沒有什麼不妥，只要每一件、每一圈情節皆能清靜自立而又連綿成氣，便也仍是佳作，一如前面說的「單一調的美德」一般。若是情節用過一件用過一圈之後，仍感不足，須得再用一件再用一圈時，這時倘使用算術級數的構築法，如那疊羅漢一般，便可能予人以重複之感。「重複」原是藝作上的一件手法，也是使得的；尤其使一件事體意猶未盡，何妨再使一次。像音樂上的「重複」（refrain），便是例子。但任何重複皆應顧及膩厭之虞，像音樂上為避免單調之重複引人不耐，便將這重複出以別的手段，如將之「卡農」（canon）或將之「賦格」（fugue），形成似曾相識、又不盡同的予人印象，這印象有一厚度，可耐人探索，當似將索到時，卻又逸開了。這是音樂在格律中追求變化的方法之例，文學或可參考，也或許不宜採用，但看各人心念便是。

金庸情節由於多之又多，加以每位讀者有各取所喜的可能情況，這造成一個現象，便是：有的讀者自願放棄某段情節。舉例來說，某甲讀《天龍八部》，每讀至包不同說話時，因不喜包氏的纏夾沒完沒了，便將此節略過不看，只找下頭再看。這種讀者真是有的，他們對待包不同，就像說不得、楊逍對待周顛一樣，皆給他來個不理不睬，免得平白無故惹上一頓煩氣。

這種略過某段不看的情形，便是自願放棄該段情節，同時也成了他自己配置情節。如此一來，讀者與作者兩方面皆有損失。讀者所失者，乃有些東西他沒看到；作者所失者，乃有些他寫的東西沒讓人看到。

其實有些作者早見於此，故而索性多寫一些情節，令讀者能看多少是多少，若得他們多看一分，總是好一分。而讀者呢，愈是遇上作者寫得多，他愈是挑著看。這形成一種很有趣的循環。

又有一種情形。武藝小說常連載於報刊，許多讀者讀它，是今天打魚明天曬網似的讀，這已然造成「跳過未讀」的情形。又此地坊間租書店也會造成這情形；以前曾見人租書，前部若不得，則先閱後半部，甚至跳冊而讀，卻也能興味盎然。真是有趣。有些人後半部看完了，竟不去索前半部來看，卻找另一部書來看。這種種情形皆是有的，無怪乎有不少人講起某書的內容，往往張冠李戴，將司馬作家筆下的人物說成是在諸葛作家的書裡。

這種「兼容並蓄，百家爭鳴」的讀書情形，在武藝小說中最是常見。當然，金庸小說儘管也可能受到讀者如此待遇，但與別的武藝作家相較之下，金庸這種情形想來必是最少的。

金庸情節的鋪展，常是在一書開頭處，先令讀者見到一些矮丘小山，而後愈登愈高，愈高愈奇。讀者在書前段看到一武功高強之人，到了書後，這人原來稀鬆平常。步步推高的方式，使人一直往下索求，好似愈後頭愈精采一般。

現在且來說一說情節構造上很重要的一個慣用手法——懸疑。

四、金庸的懸疑

懸疑是什麼？懸疑是一暫時未解之情節，讀者看了以後，心中有所掛念，直到後段才得開解，此時讀者有了理會，心念方始篤定。

金庸的懸疑，不是一線懸疑，這和西方某些偵探推理小說不一樣。一線懸疑是在書前現出一件令人思之不透、卻又極想知其底細的懸情，而後就著這懸情直往下追，抽絲剝繭，一層層的障翳漸漸除卻，條理愈來愈明晰，路徑也愈來愈窄，終於走到開解之門。

金庸的懸疑是一件懸情發生後，不久又有另外情節穿插進來，造成讀者並不一逕去想原先的那件懸情，倒是新生之事也引起讀者注意之興趣。便這樣，情節愈積愈多，但也或能相關的幫助原先懸情在後段開解。

以《倚天屠龍記》為例，張無忌在張三丰百歲壽辰當日被一扮成蒙古兵的人帶來，張三丰查出張無忌身中玄冥毒掌時，這韃子兵已失了蹤影。自此，醫療張無忌及找尋韃子兵便成了《倚》書的最重要一線懸疑。然而其他的各類事一件接一件的進入中心，如遇見常遇春、找上胡青牛、救了紀曉芙母女……等等，使得原先最令讀者感到重要之「療傷」及「覓韃」則漸漸淡褪了，一直要到後段才再被呼喚起來。

於是，金庸的懸疑習慣，是一線懸疑外再加上一線，不久又再加入一線，卻皆能互相幫助彼此懸情之開解。金庸要使這些懸疑皆能穿插成用，並在後節得以開解得通，則必須這些懸疑中所涉之人與事互相有關才成，否則便是好幾個獨立的短篇推理了。令這些各式懸疑產生關聯，是金庸的一門絕活。

懸疑並不一定單指讀者衷心想要知道某一情節之最終結果這一點。如《倚天》前段，殷素素要都大錦護送俞岱巖回武當派，又化裝成張翠山殺了不少少林派僧俗弟子，這一段懸疑，除開能讓讀者竭盡思慮去想「何以如此」外，尚能因為百思不解而引起讀者往下追問的極大興趣。但另一種懸疑只是一件在前頭沒有解答之事，這事只令讀者在閱讀中稍感突兀，但不十分在意，亦非讀者追索之焦點所在，但在書的後章解答出來，也能令讀者恍然大悟，念及原來前面是有這麼一著安排，而這一著安排的確使書後發生很大的效果。如《俠客行》前段，提及白自在的妻子及孫女兒皆因石中玉闖禍而失蹤，這一節不致引起讀者很大的疑慮，亦不關注他們，後來讀者才知道，原來狗雜種遇到的老太婆小翠及少女阿綉便是失蹤之人。

又狗雜種說他媽媽不理他，喜歡罵他，並喚他狗雜種，讀者讀時只微感奇怪，並不會把這件事引為極大興趣而欲窮之而後快。它造成讀者的注意，未必較之「玄鐵令及謝煙客是怎麼一回事」這點為大。後來方知狗雜種便是石中堅，而「媽媽」便是苦苦單戀著石清的一個女人。這樣一件事情不可謂不大，它涉及整部小說的前因後果，更關乎主角狗雜種究竟是誰，但它卻不在前段便構成催促讀者往下追索的主力。

這種懸疑，或許如同所謂的「伏筆」，但我所以仍用「懸疑」二字，乃在一來此節所稱的「懸疑」只是泛稱，一如前章所用各樣名稱如「武藝小說」、「兩儀觀」、「武藝社會」等只是為便於行文講敘，非為確制其名義也。二來此書已然節外生枝多矣，如今書行近尾，辰光向晚，似這伏筆、起筆、明筆、暗筆之類枝節，不敢再多採擷詳究也。三來「伏筆」二字似乎比較是字詞、意念等手法上的安置，而比較不是情節上的安置。如在先前把一句話說得不大明確，而這句話在後面碰上了另句話，才顯出了它更豐富的意思。

懸疑是小說進展故事的一件手段，而不是必然的工作。這也端視每個作者的品味及信念，有人喜好懸疑，有人卻極力避免用到懸疑。

懸疑往往產生這樣一個情形，當一懸情生時，猶蔓藤纏繞，一圈之外又有一箍，令人目不暇給，直往下盼。懸疑解開之際，卻似快刀斬落，霎時冰消霧釋，全數乾淨清爽，餘緒也見不著了；倒令人好生惆悵。這往往令人將前面所敘，當成只是鋪往終結目的之無甚意趣的途程，於是下次再無閱看之興趣，乃在心已不繫此節矣。

《笑傲江湖》中，當令狐冲舟行江上，接二連三有江湖羣豪大獻殷勤，遇以天人之禮，老頭子竟連女兒也不救了，一心只想善待他。讀者此時定然大惑不解，卻又興致勃勃，向下追索。讀至後來，竟是羣豪看盈盈臉面，甘赴大難，為博令狐公子一哂。懸情開解，竟不如何有趣。

大多數金庸的小說，皆多有使用懸疑，但金庸最遲寫出的一部小說《鹿鼎記》，卻是例外，不以懸疑為重。

《鹿鼎記》雖不以懸疑為重，卻仍略具一二。《鹿》書的故事前段，分二線懸疑而行，一是韋小寶為天地會及康熙兩方面同時辦事之重重遭遇，一是皇太后自始欲得四十二章經其間種種未解之事。讀者的興味此時必是注於這兩線。書至中段，揭明四十二章經乃滿族龍脈地圖所寄藏，韋小寶亦已不深受天地會及康熙所奈何。此時本書情節疑趣已經索然。但韋小寶本人遇事處變的能耐，依然令人樂待。這便是《鹿》書已一改「情節帶動人物」之一往懸疑寫法了。

至此，則懸疑一義，可再提及一談。窄義的懸疑，乃是將未解之情一直吊著，令人掛心，至後段方將之答出，將人放下，吁一口氣，拭一把汗。廣義的懸疑，是每一字懸下一字，每一句懸下一句，直至文終皆令人感覺興味；卻因鎖連絕妙，令人一逕猜不出下一句如何迸出，下一段究是描敘何者。便即如此，往往令人多讀不厭，然其所敘常是故事性非一般所謂之故事，也因此通俗讀者未必有細讀之興趣。至於前者窄義的懸疑，雖因再次閱讀時，前次引為懸心的情節不復多存，然首次閱讀之專注過癮情趣，則又非廣義懸疑作品所可比擬的。

懸疑，並非是武藝小說這種類型作品的必需之物，儘管許多武藝小說都有此項設置。武藝小說最原初的類型特色，概如前面所說的不重寫實、設境於古代、使用固定工具、講求單一調的美感等數點；當然這也是約略的說法。武藝小說早已因各個作家的手法習慣，已然形成許多綜合作為的形貌。其實類型一詞便含有「限格」之意，然限格愈緊，愈思闢窗鑽洞以求穿越。武藝小說原如中國傳統小說之寫法，如今卻吸收了不少西洋敘事的技法，如懸疑便是西洋作品中較為發達之物事。

再舉平劇與電影之例，平劇不重懸疑，電影較重懸疑。故一齣看過多次、早知其劇情的京戲，仍是百演不輟、百觀不厭。而一部電影有其起承轉合，牽一髮而動全身，常需於毫不知情中進場，置身於一黑房，專注目力二小時於一長方框子；端此時也，哭與笑俱未知也，福與禍皆不可期也，只是受導演一人擺佈。待片盡燈明，方得搖醒迷茫精神，已然如受畢一場洗禮、經歷一次懺悔儀式。平劇若在演出中途進場，似無不可，電影則最好從頭看起。觀平劇不妨與座旁同好一齊喝采，觀電影則身旁漆黑一片，懺悔時身旁不宜有人。

平劇如同中國式的敘事法，電影可比作西洋式敘事法。而觀平劇自演出中途進場，與閱武藝小說以跳冊之法而閱，似竟有雷同之處。又我人進入影院後，不得片刻稍離，完全受劇情進行所攫，必至映完，方得釋身；而我人讀書，則是要讀時便讀，要喝水吃飯時便停，書中情節之進行，猶可受我人行動及情緒之擺佈。觀影是身不由己，看書則是書不由己，兩相異趣。

從前聽說書、觀平劇、看武藝小說等事，皆可以半途而入，似無需顧及於對象物之尊重及禮遇。今日各項事態大約有了改善，觀平劇須準時入場，租小說也能全冊租得，甚至買武藝小說亦已行之成夥。即以金庸小說為言，便須自頭讀起，不宜跳讀或倒讀。西洋人有在火車上、午餐時讀書之習慣，隨地可坐，隨手翻閱，故而有些書評若讚譽一本常人視為消閒的偵探小說，輒言：「一本須當坐下來看的書。」金庸小說以其包蘊豐富，文體優雅，在現階段的中文故事文學作品中，實不宜等閒以視。故在此奉勸諸位看官，不妨坐下來看。

附錄

小論金庸之文學

武俠小說由來久矣。然大多讀者習視之為末藝小技、旁門左道。曩昔論者曾將還珠樓主、朱貞木、不肖生、王度廬、鄭證因等武俠作家相互驗較，謂為各擅勝場；又有謂金庸之出，則集大成矣。與其言金庸集前人之大成，何如說其新闢一戶牖也。

金庸之武俠書，於寫情、述景、敘事、言志，皆能匠心獨運，自成一格。寫情則人物性格栩栩如生，即小兒女情態亦躍然紙上。述景則中國古時之花木泉石、莊園林墅，莫不優雅有致，宜得其所。敘事則迂迴變幻、層層懸疑，間以穿插返溯，讀來令人心搖神奪，廢寢忘食。言志則小說家之文化素養及民族背負得以淋漓而傾，時而乘風破浪，時而登高望遠，洋洋灑灑，適足激勵人心，亦足以振聾發聵。而讀者閱來，更隱隱生砥礪心，而一股歷史興亡之悲涼感，湧塞胸中。

至若金庸學識之廣博、歷練之深刻，乃至醫卜星相、琴棋書畫，在在於文字中繁華述及，引人入勝，發人以思古幽情；然則這「思古幽情」，並非做皇帝、求富貴，實乃某種自由恬淡的生活志趣。端看其筆下主人翁俱各瀟灑俐落，以天地為逆旅，不為利誘，不為強權屈。若有，頂多是為情所苦、為人事所困、為俗累所糾纏。而他們皆有披荊斬棘之能毅，將身前葛蔓，使之析然條然。從此坦坦蕩蕩，浪跡四方。

武俠小說是中國民間之通俗文學。以其通俗，故有其大困難。鄙劣之武俠作家常自薄，遂胡意而寫，終至怪力亂神、荒誕不經，而為正統文學所摒棄。然則「正統文學」何有哉？本來無有。金庸的武俠，實乃近三十年來通俗文學中之奇書；既能療消遣讀者之癮需，又能與所謂「正統文學」相抗衡而一無慚色，至有文學家、大學教授等亦熟讀其書而不疲，言談間猶常提其筆下人物如丘處機、郭靖、黃藥師、小龍女、楊過、張無忌等一如賈寶玉、林黛玉、宋江、武松等之於中國人之耳熟能詳。

而金庸所以不同於一般武俠作家，乃其作品之完整性、人情感、敘述法、藝術味等皆有高妙之處，實非泛泛之武俠作家可比擬。江湖作家之虎頭蛇尾、自相矛盾，筆下人物滿口胡言、情節展敘常不知所云，比之於金庸，不可同日語。亦有以武俠小說故作其推理哲學之表達，書中人物僅為穿上衣服之意見；此意見又為作者自己之圓說，讀來令人隔閡枯燥而少氣味。至若意欲托古喻今者，更因本人習養之不堪，兩不得其情矣。凡此等等，常令武俠小說之特有意趣，沖然盡失。

金庸之作品，其最大特色，若得簡言以蔽，則為寓文化於技擊，而將中國人數千年來之生活心得一絲絲滲入其武俠小說中。其用字遣詞，隨手拈來，各適其意，娓娓而道，柔和順暢。白話文之簡潔精確足可為文家式。

雖即金庸是名報人、歷史學者、社論家、收藏家，或有助於其武俠著作，然亦未必也；金庸之文學，以今日看來，實不假外求，亦無需挾各式名銜、背景而愈重也。其文體早已卓然自立。今日我國人得以讀此特殊文體，誠足珍惜。而金庸作品之涵於當代中國文學範疇，亦屬理所當然。

原刊一九七九年九月五日沈登恩主編《出版與讀書》第廿三期

讀金庸偶得／舒國治著. -- 四版. -- 臺北市：遠流出版事業股份有限公司, 2024.09
面；公分.
ISBN 978-626-361-859-6（平裝）

1.CST: 金庸 2.CST: 武俠小說 3.CST: 文學評論

857.9　　113011133

讀金庸偶得

作者——舒國治

副總編輯——鄭祥琳
主編——陳懿文
美術設計——黃子欽、陳春惠
行銷企劃——廖宏霖
出版一部總編輯暨總監——王明雪

發行人——王榮文
出版發行——遠流出版事業股份有限公司
地址／臺北市104005中山北路一段11號13樓
電話／(02)2571-0297　傳真／(02) 2571-0197　郵撥／0189456-1
著作權顧問——蕭雄淋律師

1987年3月1日　遠流一版
2024年9月1日　四版一刷
定價——新台幣360元（缺頁或破損的書，請寄回更換）

ISBN 978-626-361-859-6

遠流博識網　http://www.ylib.com E-mail: ylib@ylib.com
金庸茶館粉絲團　https://www.facebook.com/jinyongteahouse